KB024263

맘고생 크림케이크

맘고생크림케이크

초판 1쇄 인쇄 2022년 6월 24일
초판 1쇄 발행 2022년 6월 30일

지은이 조명연
펴낸이 정해종

펴낸곳 ㈜파람북
출판등록 2018년 4월 30일 제2018 – 000126호
주소 서울특별시 마포구 토정로 222 한국출판콘텐츠센터 303호
전자우편 info@parambook.co.kr **인스타그램** @param.book
페이스북 www.facebook.com/parambook/ **네이버 포스트** m.post.naver.com/parambook
대표전화 (편집) 02 – 2038 – 2633 (마케팅) 070 – 4353 – 0561

ISBN 979-11-92265-55-1 03810
책값은 뒤표지에 있습니다.

이 책은 저작물 저작권법에 따라 보호받는 저작물이므로 무단 전재와 복제를 금하며, 이 책 내용의 전부 또는 일부를 이용하시려면 반드시 저작권자와 ㈜파람북의 서면 동의를 받아야 합니다.

맘고생 크림케이크

간혹, 눈은 마음을 속입니다
마음으로 보아야 진실이 보입니다

조명연 지음

파람북

머리글

2020년부터 전 세계는 심각한 코로나19 팬데믹을 겪게 되었습니다. 이제까지 다른 삶을 살아야 했고, 다른 생각이 필요한 시점이었습니다. 코로나19 바이러스로 인해 사랑하는 가족을 잃은 사람도 많았고, 경제적인 어려움을 겪게 되는 사람도 늘어만 갔습니다. 그래서일까요? '코로나 블루'라는 신종 우울증 증세로 힘들어하는 사람이 많아졌습니다.

저 역시 코로나19 바이러스로 혼란스러웠던 때에 여러 가지 일을 겪었습니다. 그중에서 가장 컸던 사건은 사랑하는 부모님을 잃은 것입니다. 2020년 어머니, 2021년 아버지를 하늘 나라에 보내드리면서 이제까지 경험하지 못했던 아픔을 느낄 수 있었습니다.

23년째 사제 생활을 하면서 참 많은 죽음을 목격했습니다. 또 병자성사와 장례미사도 참 많이 집전했습니다. 그리고 강론 때에는 죽음이 죽음으로 끝나는 것이 아니라, 하늘 나라에서 새로운 삶이 시작됨을 신자들에게 이야기했었습니다. 하지만 정작 사랑하는 부모님의 죽음 앞에서는 이렇게 생각하기가 쉽지 않았습니다. 서운했고 아쉬웠으며, 못 해 드린 것에 대해 후회가 '하나 가득'이었습니다. 그리고 영원히 '내 편'이라 할 수 있는 부모님 부재에 대한 슬픔에 힘든 시간을 겪어야만 했습니다.

스스로 강한 존재라고 반복해서 되뇌었고, 또 어떤 말과 행동에도 흔들리지 않는다고 자부했던 저였습니다. 그러나 부모님의 죽음 앞에서 저 역시 한없이 나약하고 부족한 인간임을 깨닫습니다. 이렇게 힘들어할 때의 큰 도움은 주님 사랑에서 오는 위로와 희망이었습니다. 물론 주님께서 직접 당신의 모습을 보여주시고 말씀하시면서 위로해주시지 않았습니다. 이런 직접적인 방법은 아니었지만, 제가 만나는 모든 사람과 여러 상황을 통해 희망을 찾을 수 있게 해주셨고 이로써 위로받았습니다.

죽음의 수용소라고 알려있는 아우슈비츠 수용소에서 순교하신 성인으로 대부분 막시밀리안 콜베 성인을 떠올리실 것입니다. 그러나 아우슈비츠의 순교자로 에디트 슈타인 성녀도 있습니다. 성녀는 시대의 부조리에 맞서 적극적으로 저항했었습니다. 그래서 처참하게 희생당하고 있던 유다인들의 구명을 위해 노력했고, 나치가 저지른 만행의 실상을 교황청에 보내면서 직접 개입할 것을 요청하기도 했습니다.

성녀는 가톨릭 수녀여서 박해 대상이 아니었지만, 유다인 태생으로 그들과 함께하겠다는 결심을 했고 1942년 체포되어 같은 해 8월 9일에 아우슈비츠 가스실에서 살해되셨습니다. 돌아가시기 직전, 원장 수녀님께 편지를 보냈는데 그 내용은 지금을 사는 우리에게 큰 감동을 줍니다.

"내 계획에는 없었던 일이 하느님의 계획에는 있었습니다. 여기서도 저는 온종일 좋으신 우리 주님을 찬미할 수 있습니다. 드러나게 기도할 수는 없지만, 마음속으로 얼마든지 기도할 수 있습니다."

인간적으로는 최악의 상황이라고 할 수 있는 순간이었습니다. 하지만 이 안에서도 하느님의 계획에 순명하고 있었기에 계속 기도할 수 있었던 것입니다. 내 계획만을 생각하고 있으면 희망을 발견할 수 없습니다. 하느님의 계획을 생각하고 그 안에 동참하는 삶을 통해서만 커다란 희망을 간직할 수 있습니다.

이제는 저 역시 다른 이에게 위로와 희망을 줄 수 있도록 노력해야 함을 깨닫습니다. 그래서 이렇게 책을 출판하게 되었습니다.

일상의 삶 안에서, 조금만 생각을 바꾸면 절망이 희망으로 바뀔 수도 있음을 깨닫는 데 조금이나마 힘이 될 수 있다면 큰 기쁨이 될 것 같았기 때문입니다.

2002년에 첫 번째 책이 나온 뒤, 벌써 열 번째의 책입니다. '또 나의 부족한 글이 세상에 나와 부끄러운 흔적을 남기는구나!' 싶기도 합니다. 그러나 이 부족한 글을 보고서도 기뻐해 주시고 좋아해 주시는 분이 계시기에 용기 내어 열 번째의 책을 출판합니다. 생전에 제 글을 하루도 빠짐없이 봐주시며 늘 제 편이 되어 주셨던 아버지와 어머니께, 너무나 그리운 부모님께 이 책을 바칩니다.

2022년 여름 들머리

조명연

❸ 세상에서 가장 잘난 사람

❹ 끈은 자르는 게 아니고 푸는 겁니다

1

나로부터 시작하는 삶

편안함을 거부하겠습니다

기회는 대개 힘겨운 노력으로 위장한다.
그래서 사람들이 그것을 쉽게 알아보지 못하는 것이다.
앤 랜더스 _라이프 코칭 칼럼니스트

바다거북은 봄이 되면 해변으로 올라와 구멍을 파고 진통을 겪으면서 알을 낳습니다. 해양학자들은 거북이의 모습이 너무 안쓰러웠습니다. 그 먼 거리를 헤엄쳐 와서 힘들게 알까지 낳아야 하니까요. 그래서 산란하는 거북이에게 진통제를 놔주었습니다.

어떻게 되었을까요? 편안하게 알을 낳았으니 이제 알을 정성껏 돌보는 일만 남게 되었을까요. 아니었습니다. 믿기지 않지만, 거북이가 자기가 낳은 알을 모조리 먹어 치운 것입니다. 고통 없이 알을 낳아 모성 본능을 잃어버렸기 때문이라고 합니다.

사람들은 편안함을 누리는 것이 인생 최고의 가치로 생각하는 것 같습니다. 저 역시 마찬가지였습니다. 제 삶에 편안함을 줄 수 있는 물건들을 마련하려고 꽤 많은 시간을 소비하기도 했습니다.

그런데 그 편안함이 반드시 좋은 것일까요?

종이에 직접 글을 쓰는 것은 꽤 불편합니다. 저의 경우는 주로 만년필로 글을 쓰는데, 만년필은 오랫동안 사용하지 않으면 펜촉이 굳어버려서 상하게 됩니다. 따라서 꾸준히 써야 합니다. 키보드로 타이핑하는 것이 훨씬 편한 것은 분명합니다. 직접 글씨를 쓰는 것보다 빠르고, 프린트하면 악필을 대신해 가지런하고 깔끔한 활자가 나오기 때문입니다.

그러나 문장에 힘이 빠지고 행간의 긴장이 사라지기 일쑤입니다. 한마디로 글의 깊이가 없어집니다.

제 침대에는 매트리스가 없습니다. 푹신한 매트리스가 편안함을 주긴 하지만, 허리가 좋지 않은 저로서는 순간의 편안함이 오히려 독이 됩니다. 그래서 매트리스 없이 딱딱한 바닥 위에 담요를 깔고 잠을 잡니다.

시련과 고통이 있어야 새로운 탄생과 성장이 따릅니다. 세상을 이끄는 혁신가들은 모두 편안함을 거부했습니다. 비행기를 만든 사람은 MIT 연구원들이 아니라 자전거포에서 자전거를 팔고 수리하던 라이트 형제였고, 상대성 이론을 발견한 사람은 스위스 특허청에서 일하던, 수학에 재능이 없던 아인슈타인이었습니다.

경제경영 전문지 《오너 매거진》의 발행인 크리스 브로건(Chris Brogan)은 일부러 하루에 한 가지씩 불편한 일을 했다고 합니다.

물건을 팔기 위해 인터넷에 직접 글을 올리고, 편하지 않은 사람과의 통화도 마다하지 않았습니다. 이렇게 불편한 일들을 찾아 하면서 그는 이렇게 고백합니다.

"의도적으로 편안함을 깨는 행동이 내 인생의 모든 것을 바꾸었다."

만약 이들이 평범한 기존의 시스템에 안주했다면 새로운 생각을 할 수 없었을 것입니다. 익숙한 것을 뛰어넘어야 합니다. 그 순간은 물론 힘들고 피곤합니다. 그렇다 하더라도 평범함에서 벗어날 때 새로운 나를 만들게 됩니다.

고난이 축복이 될 때

역경은 당신에게 생각할 수 없는 것을
생각하게 하는 용기를 준다.
앤디 그로브 _기업인, 인텔 전 최고경영자

덴마크가 낳은 세계 최고의 동화작가가 있습니다. 아마 이 동화작가의 작품을 모르는 사람은 거의 없을 것입니다. 〈인어공주〉, 〈성냥팔이 소녀〉, 〈미운 오리 새끼〉 등의 작품으로 유명한 한스 크리스티안 안데르센입니다.

가난한 구두 수선공의 아들로 태어난 그는 일찍 아버지가 돌아가셔서 학교도 제대로 다닐 수가 없었습니다. 더구나 외모 콤플렉스가 심해 늘 외톨이로 지냈지요. 이런 그가 어느 날 배우가 되겠다는 일념에 코펜하겐으로 상경했지만, 어디에서도 그를 배우로 뽑아주지 않았습니다. 이번에는 작가가 되겠다고 글을 씁니다. 하지만 학교도 제대로 나오지 않아 문장이 형편없었고 맞춤법도 엉망이었습니다. 어느 출판사에서도 그의 글을 출판해주지 않았음은 당연한 일이겠지요.

단 한 번의 성공도 없었고, 그래서 포기할 수밖에 없는 이유만 가득했습니다. 그러나 이런 상황에서도 그는 포기하지 않았습니다.

그는 자기 경험을 살려서 동화를 씁니다. 실연의 아픔을 기억하며 〈인어공주〉를, 어렸을 때 가난했고 학대받은 기억을 살려 〈성냥팔이 소녀〉를, 친구 없이 혼자 지내던 기억으로 〈잠자는 숲속의 공주〉를, 친구로부터 못생겼다는 놀림을 떠올리며 〈미운 오리 새끼〉를 지었습니다. 그가 지은 동화는 세상에 알려지게 되었고, 그의 명성도 올라갈 수밖에 없었습니다. 바로 그때, 그는 이렇게 말했습니다.

"내가 겪은 역경의 시간은 오히려 축복이었다."

인내의 힘을 깨닫게 해주는 또 하나의 일화가 있습니다.

1992년 바르셀로나 올림픽 창던지기 종목에서 영국 선수 스티브 베클리는 동메달을 땄습니다. 그리고 4년 뒤의 애틀랜타 올림픽에서는 더 좋은 성적을 낼 것이라고 사람들은 기대했고, 그 역시 그 어떤 때보다도 열심히 훈련했습니다. 그런데 올림픽을 6개월 앞두고 발목에 부상을 당했습니다. 6주 동안 목발을 짚어야 했고 훈련도 할 수 없었습니다. 그는 어떻게 되었을까요? 애틀랜타 올림픽에서 뛰어난 성적으로 은메달을 획득했습니다.

그는 6주 동안 목발을 벽에 기대어놓고 의자에 앉아 창던지기를 상상했다고 합니다. 창을 손에 쥐고 있는 모습을 상상했고, 손가락으로 꽉 쥔 서늘한 금속 손잡이의 감촉을 느꼈습니다. 완벽한 창 던지기 자세를 취했고, 던진 창이 높이 포물선을 그리며 날아가는 순간에는 그의 근육도 긴장했습니다. 창이 저 멀리 날아가서 땅에 꽂히는 장면을 계속해서 상상했습니다.

이미지 트레이닝이 중요하다고 말하지요. 실제로 많은 스포츠 선수들이 이 훈련으로 향상된 성적을 냈습니다. 이렇게 우리의 생각이 얼마나 중요한지를 깨닫게 됩니다.

만약 스티브 베클리 선수가 '훈련을 할 수 없으니, 나는 좋은 성적을 얻을 수 없어'라고 포기했다면 어떠했을까요? 어쩌면 세상의 모든 일이 그렇지 않을까 싶습니다. 우리는 하나의 방법만 있는 것처럼 착각하면서, 그 방법을 사용할 수 없을 때는 좌절하며 포기합니다. 그러나 그렇지 않음을 이 세상 안에서 많이 볼 수 있으며, 고통과 시련을 이겨내고 난 뒤에야 그 모든 것이 축복이었음을 깨닫게 됩니다.

발상의 전환

새로운 발상에 놀라지 마라.
다수가 받아들이지 않는다고 해서 진실이 아니지는 않다는 것을 잘 알지 않는가.
바뤼흐 스피노자 _데카르트의 영향을 받은 네덜란드의 철학가

참가자에게 양초 하나, 압정이 가득 들어있는 작은 상자, 성냥개비 몇 개를 주었습니다. 그리고 양초가 탈 때 촛농이 바닥에 떨어지지 않게끔 양초를 코르크 벽에 고정해 보라고 지시합니다. 어떻게 하면 될까요?

정답은 아주 간단합니다. 압정이 가득 들어있는 작은 상자에서 압정을 모두 빼냅니다. 그리고 빈 상자를 압정을 이용해서 코르크 벽에 꽂고 양초를 상자 안에 세워 놓으면 됩니다. 그런데 참가자 대부분 이 문제를 해결하지 못합니다. 왜냐하면, 상자를 활용할 생각을 하지 못하기 때문입니다. 압정을 담아둔 상자는 그저 압정 상자로만 그 용도를 제한해 버리기 때문입니다.

압정과 상자를 분리해야지만 문제의 해결을 찾을 수 있습니다.

그러나 본인이 가지고 있는 고정관념으로 인해서 문제의 해결을 찾을 수가 없습니다. 보고 싶은 것만 보고, 듣고 싶은 것만 들으려는 마음이 문제의 해결을 막아버릴 때가 얼마나 많을까요?

문제의 해결을 위해서는 고정관념에서 벗어나야 하는데도, 이 고정관념에서 벗어나지 못하니 문제 해결 방법도 오리무중입니다. 그렇다면 우리가 벗어나야 할 고정관념은 어떤 것이 있을까요? 가장 큰 것은 사람들이 나를 바라보는 시선입니다. 지금의 말과 행동에 대해 사람들이 나를 어떻게 바라볼 것이라고 예상하면서, 올바른 길로 나아가지 못합니다.

우리는 몇 가지의 표정을 지을 수 있을까요? 연구자마다 견해가 다르기는 하지만, 최하 4,000가지에서 최고 1만 가지의 표정을 지을 수 있다고 합니다. 우리의 얼굴엔 의외로 많은 표정이 숨어있다는 것이지요. 실제로 표정에 관여하는 근육은 40가지가 넘는다고 합니다. 우리 몸 전체의 근육 수와 비교해도 상당히 많은 편이고, 그래서 그렇게 다양한 표정을 지을 수 있다는 것입니다.

이를 통해 한 가지를 생각할 수 있게 합니다. '지금 저 사람의 표정은 이런 마음을 담고 있다'라고 단정할 수 없다는 것입니다. 아무런 표정을 짓지 않는다고 '화났다'라고 판단할 수 없으며, 웃고 있다고 해서 기쁜 상태라고 말할 수도 없습니다. 실제로 어이없어서 웃음이 나오는 때도 있고 기뻐서 눈물이 나는 경우도 있지 않습니까?

남을 판단한다는 것, 특히 단순히 겉모습과 말 자체를 두고 판단했다가는 오류에 빠지기 쉽습니다. 실제로 세계의 역사 안에 그런 오류에 빠졌던 사례들이 많습니다. 경우에 따라선 심각한 사태를 촉발하기도 하지요. 머리의 형태, 얼굴 모양, 머리카락 등을 통해 죄의 유무를 판단했던 적도 있습니다. 즉, '죄인은 ~ 이러하다'라는 잘못된 인식을 갖고 있었던 것이지요.

인간의 몸은 수를 헤아리는 것 자체가 불가능할 정도로 많은 세포로 이루어져 있습니다. 대략 60~100조 개의 세포로 이루어져 있고, 이 세포들은 각각 수명이 정해져 있어서 일정한 시간이 지나면 소멸하고 또 새로운 세포가 생성됩니다.

이 점을 생각하면, 우리는 매 순간 다른 사람을 만나고 있다고 말할 수 있지 않을까요? 한 사람과 같이 산다고 해도 매일 다른 사람을 만나는 것이고, 다른 상황을 접하는 것입니다. 그런데 우리는 과거의 모습을 떠올리며 '이 사람은 변하지 않아!'라고 단정 짓습니다. 또 '오늘도 똑같은 하루가 될 거야'라면서 지겨워하기도 합니다. 그러나 생물학적으로 볼 때 분명히 다른 사람을 만나는 것이고, 다른 상황을 마주하는 것입니다.

결국, 지금 만나는 사람과 상황은 늘 새로울 수밖에 없습니다. 따라서 지겨울 수가 없는 것이며, 지루하지 않은 삶이라 말할 수 있습니다. 문제는 과거에 연연하고 미래를 단정 짓는 나의 잘못된 판단 때문이 아닐까요?

늘 새롭고 신나는 삶이 내 몸 안에 있습니다.

늘 깨어 있을 것

그날그날이 일생을 통해
가장 좋은 날이라는 것을 마음속 깊이 새겨두라.

랄프 왈도 에머슨 _19세기 초 미국의 사상가

언젠가 너무 피곤해서 일찍 잠자리에 들었던 때의 일입니다. 눈을 떠보니 11시 30분, 낮이 아니라 밤이었습니다. 너무 일찍 일어났기 때문에 조금 더 자야겠다는 생각으로 그냥 침대에 누워 있었습니다. 그런데 너무나 많은 소음이 들려왔습니다.

시계 초침 소리, 차량 지나가는 소리, 바람 소리, 개 짖는 소리…. 그 소리들이 제게 일어나라고 아우성치는 것만 같았습니다. 결국, 다시 일어나 책상에 앉아 책을 읽었습니다. 집중하면서 읽다 보니 침대에서 들었던 소리들이 하나도 들리지 않음을 깨달았습니다. 많은 소리들이 제 주변에서 발생하고 있었지만, 집중하다 보니 들리지 않았던 것입니다.

일상 안에는 우리를 방해하는 많은 소리들이 있습니다. 그럼에도 불구하고 별 탈 없이 살 수 있는 것은 집중할 무엇인가가 있기 때문은 아닐까요? 그러나 그 소리들에 집중하면 삶을 뜻대로 살아갈 수 없을 것입니다. 집중하지 못하고 무의식에 기댈 때 이 소음이 곁에 머물며 우리를 혼란스럽게 합니다. 사람과의 관계, 경제적 어려움, 판단의 혼란 등이 바로 나를 힘들게 하는 소리들입니다.

우리가 하루 동안 하는 모든 행동은 과연 내 생각과 감정과 의도에 의해서 이루어지는 것일까요? 이를 연구 조사해보니 43퍼센트가 무의식중에 습관적으로 이루어지고 있다고 합니다. 자신의 의도와 욕구에 따라서 행동하고 있다는 것이 착각이라는 것입니다. 잘못된 판단이 따를 수밖에 없는 이유입니다. 판단의 당사자는 쉽게 인정하지 않겠지만, 많은 일에 대해 단지 자신의 판단이 옳은 것처럼 상황을 이끌어갈 뿐이라고 합니다.

43퍼센트의 습관으로 이루어지는 나의 행동 패턴을 기억하면서, 더 올바른 습관을 지니도록 노력하고 집중해야 한다는 것을 깨닫게 됩니다. 이를 위해 한 번 더 보고 한 번 더 생각하는 습관을 길러야 함은 너무도 당연합니다.

어느 연구팀이 사람들에게 팝콘을 나눠준 다음, 영화가 끝난 후 팝콘 봉투를 수거해서 얼마나 먹었는지를 확인했습니다. 사실 실험 참가자들에게 말은 하지 않았지만, 이들 중 절반에센 일주일 전에 만든 눅눅한 팝콘을 제공했습니다. 공짜로 준다 해도 먹지 못할 팝콘이었습니다. 그렇다면 사람들은 이 팝콘을 얼마나 남겼을까요? 결과는 놀라웠습니다. 제대로 된 팝콘뿐만 아니라 눅눅한 팝콘 역시 모두 다 먹었기 때문입니다. 영화에 집중하다 보니 평소의 습관에 따라 팝콘을 남김없이 먹었던 것입니다.

우리가 무의식적으로 반복하는 행동에는 인식이 작용하지 않는다는 것을 보여주는 실험이었습니다. 습관은 나의 인식을 뛰어넘습니다. 따라서 나의 습관을 바꾸려고 한다면 굳은 의지가 필요하며, 늘 깨어 있어야 가능한 것입니다.

더구나 이 사회는 우리의 습관들을 교묘히 이용해서 더 많은 소비를 하도록 부추깁니다. 이런 구조를 잘 만드는 사람일수록 회사에서는 유능하다고 평가받기 마련이지요. 따라서 그들보다 뛰어나야 내 습관을 이용해 판매를 유도하는 이들의 유혹을 비껴갈 수 있습니다. 그때야 비로소 나의 인식과 판단에 따른 합리적인 소비가 가능하겠지요.

유혹은 이렇게 우리의 습관을 파고듭니다. 그래서 더욱더 깨어 있어야 합니다.

나로부터 시작하는 삶

무언가 달라지기를 원한다면
당신 자신부터 달라져야 한다.

노먼 빈센트 필 _저술가, '긍정적 사고'의 창시자

미국의 사회심리학자 밀그램(Stanley Milgram)은 전혀 모르는 사이인 미국 사람이 여섯 단계의 짧은 인간관계 사슬로 모두 연결될 수 있다는 조사 결과를 발표했습니다. 수억 명의 사람이 사는 미국에서 생면부지의 두 사람이 기껏 몇 단계면 연결된다는 것입니다.

이는 인류학자 던바(Robin Dunbar)의 연구 결과와도 연결됩니다. 한 사람이 관계를 맺으며 살아가는 사람의 수는 대략 150명 정도인데, 편의상 100명으로 잡아서 한 사람이 100명에게 소식을 전할 수 있다고 생각해보십시오. 만약 중간에 한 사람을 넣어서 두 단계에 소식을 전달한다면 100×100이 되어 1만 명이 됩니다. 같은 방법으로 세 단계면 100만 명, 네 단계면 1억 명, 다섯 단계면 100억 명이 됩니다. 지구에 사는 모든 사람은 원칙적으로 나로부터 다섯 단계면 모두 연결되는 것입니다.

이렇게 우리는 전혀 상관없는 사람이 아니라 너무나 가까운 관계 속에서 살아가고 있습니다. 내가 말하는 것과 행동하는 것 하나하나가 모두 중요한 이유입니다. 세상 구석구석에 기쁨이 전달되길 원한다면 나로부터 그 시작이 이루어져야 합니다. 사랑이 가득한 세상이 되길 원한다면 나부터가 사랑해야 합니다. 남부터 시작되는 세상이 아닌, 나로부터 시작되는 세상입니다.

나와 같은 사람이 인구의 3.5퍼센트만 모인다면 어떤 일이 일어날까요? 1900년부터 2006년 사이, 세계 곳곳에서 벌어진 시민 저항운동 중에서 독재정권을 전복시키거나 민주화로 이어진, 최소한 수천 명이 참여한 수백 건의 사례를 모았습니다. 그리고 저항의 폭력성 여부와 저항운동의 성공 사례를 살펴보았습니다. 결과는 어떻게 되었을까요?

비폭력 저항운동이 폭력적인 저항운동에 비해 무려 2배 이상의 성공률을 보였습니다. 구정권의 폭력적인 방식으로 억압했던 사례들로 좁히면, 비폭력 저항운동의 성공률은 무려 6배 이상이었습니다.

이와 연결된 다른 결과도 아주 흥미로웠습니다. 저항운동에 지속적으로 참여한 사람이 인구의 3.5퍼센트가 넘는 모든 저항운동은 100퍼센트 성공했다는 것입니다. 그리고 이 3.5퍼센트가 넘는 저항운동은 모두 비폭력 저항운동이었습니다.

평화를 지향하는 3.5퍼센트만으로도 충분히 세상이 변화할 수 있다는 것을 역사는 증명합니다. 혹시 3.5퍼센트를 넘지 못해서 점점 더 어렵고 힘든 세상이 되는 것이 아닐까요? 나로부터의 변화가 이루어져서 적극적으로 사랑을 실천하는 노력이 필요하다는 것을 깨닫게 됩니다. 다음은 나를 자각하고 변화로 이끄는 수피 바야싯의 글입니다.

젊은 시절에 나는 혁명가였고 주님께 드리는 나의 기도는 모두 이와 같았다.

'제게 세상을 뒤바꿀 힘을 주소서.'

중년이 이르러 단 한 사람의 영혼도 고쳐놓지 못한 채 반생이 흘러갔음을 깨닫고 나의 기도는 이렇게 달라졌다.

'저와 인연이 닿은 모든 사람을 변화시킬 은총을 주소서. 가족과 친지들만 변한다 해도 저는 만족하겠나이다.'

오늘내일할 만큼 늙어서야 내가 얼마나 어리석었던가를 알게 되었다. 이제 나의 유일한 기도는 이것뿐이다.

'저 자신을 변화시킬 은총을 주소서.'

세상 사람들은 남의 변화만을 이야기합니다. 그리고 변하지 못하는 사람들을 향해서 판단력이 부족하고 자기밖에 모르는 욕심쟁이라고 비판합니다. 그러나 가장 먼저 시작되어야 하는 것이 '나의 변화'임을 잊어선 안 됩니다.

집중은 힘이 셉니다

언제나 현재에 집중할 수 있다면 행복할 것이다.

파울로 코엘료 _브라질 출신의 베스트셀러 소설가

2000년 캐나다의 한 대학에서 인간의 집중력에 대해 실험을 했습니다. 그리고 인간이 집중력을 지속하는 시간을 평균 12초라고 발표했습니다. 참고로 금붕어가 집중력을 지속하는 시간은 9초라고 합니다. 비록 3초의 차이지만 그래도 인간의 집중력이 금붕어보다는 낫구나 싶었습니다. 그런데 2013년의 다시 했던 실험을 통해 인간의 집중력이 8초로 떨어진 것이 확인되었습니다. 인간이 금붕어보다 못할 수도 있다는 놀라운 결과였습니다.

설마 하는 생각이 들거든 주변을 주의 깊게 살펴보시기를 바랍니다. 대화하면서도 계속 스마트폰을 들여다보는 모습, 스마트폰이 없으면 불안해서 어쩔 줄 몰라 하는 모습, 특별히 해야 할 일 없어도 인터넷에 들어가 무의미하게 시간을 소비하는 모습 등을 떠올려 보면 인간의 집중력이 얼마나 낮은지 짐작할 수 있을 겁니다.

19세기 말, 미국의 한 대학에 다니던 학생이 아르바이트를 구하고 있었습니다. 가난한 이 학생에게는 학자금과 생활비 마련을 위해 아르바이트가 꼭 필요했기 때문입니다. 그러던 중에 어느 회사의 아르바이트 모집 공고를 보게 되었습니다. 곧바로 이 회사를 찾아가 말합니다.

"저는 누구보다 성실합니다. 어떤 일이든 열심히 하겠습니다."

채용 담당자는 이 학생이 마음에 쏙 들었지만, 이 회사에서는 업무상 타자기를 잘 다루는 사람이 필요했기 때문에 이렇게 말했습니다.

"혹시 타자기를 다룰 줄 아나요? 타자기를 다룰 줄만 안다면 바로 일을 할 수 있도록 하겠습니다."

학생은 잠시 생각에 잠기더니, 자신에게 4일의 시간을 달라고 부탁합니다. 그리고 4일 뒤에 당당히 채용되어 일을 시작했는데, 누구보다도 능숙하게 타자기를 다루며 열심히 일하는 것입니다. 채용 담당자가 열심히 일하는 학생에게 그런 실력이 있으면서 곧바로 일하지 않고 왜 4일의 시간을 달라고 했는지를 물었습니다. 그러자 이렇게 대답합니다.

"저는 그동안 두 가지 일을 했습니다. 처음 이틀은 타자기를 빌리는 데 쓰고, 나머지 이틀은 밤을 새워 타자를 연습했습니다."

이 학생이 훗날 미국의 31대 대통령이 된 허버트 후버입니다.

우리는 할 수 없으면, 할 수 없다는 생각이 들면 곧바로 포기합니다. 그러나 문제를 극복할 수 있는 방법을 먼저 찾아보고 포기해도 늦지 않습니다. 그래야 내게 다가온 기회를 나의 것으로 만들 수 있습니다. 무엇보다 할 수 없다고 생각하는 것 중 의외로 많은 것들이 실제로 가능한 것이라는 사실을 받아들여야 합니다. 일에 임하는 순수한 열정, 다시 말해 '집중'이 그것을 가능하게 만들어줍니다.

우리는 얼마나 자신의 일상에 집중하고 있을까요.

내 주변을 바꾸는 일

당신은 삶의 기회를 통해 더 나아지는 것이 아니라,
변화를 통해 더 나아지게 될 것이다.

짐 론 _미국의 성공철학 강사이자 저술가

누군가를 어느 장소에서 만나기로 했습니다. 그런데 약속 시간보다 너무 일찍 도착한 것입니다. 혼자 앉아 있기가 뭐해서, 같이 들어가기 위해 문밖에 서서 기다리고 있었습니다. 한참을 기다리면서 주변을 둘러보다가 우연히 그 장소에서 멀리 떨어지지 않은 곳에 쓰레기가 산처럼 쌓여 있는 것을 보게 되었습니다. 너무나 지저분해서 인상이 저절로 찌푸려졌습니다. 그런데 사람들은 그 앞을 지나면서 계속해서 그 자리에 쓰레기를 버리는 것입니다. 쓰레기통이 있는 것도 아닌데, 지나가다가 그 자리에 서서 주머니 안의 버릴 것을 꺼내어 버립니다. 왜 이렇게 쓰레기를 버릴까요?

만약 이 자리에 예쁜 화단이 있다고 생각해보십시오. 누가 이곳에 쓰레기를 함부로 버리겠습니까? 우리의 마음도 이렇습니다. 내 마음이 아름답고 잘 정리 정돈되어있다면 나 자신도 그리고 남들도 내 마음을 함부로 할 수가 없습니다. 그러나 마음이 어수선한 상태라면, 나 자신도 또 남들도 어떤 죄의식도 없이 함부로 하는 것을 당연하게 생각할 것입니다.

자주 가는 대형 상점이 있습니다. 그래서일까요? 어느 곳에 어떤 물건이 있는지 그 위치를 대략 알게 되더군요. 지난번에도 원하는 물건을 찾기 위해서 평상시에 갔던 위치로 갔습니다. 그런데 그곳에 전혀 다른 물건들이 진열되어 있었습니다. 상품의 위치가 완전히 바뀌었던 것입니다.

대부분의 대형 상점은 일정한 기간을 주기로 상품 위치를 바꾼다고 합니다. 실제로 어느 연구팀에서 조사한 바에 의하면 매장의 진열이 바뀔 때마다 7퍼센트가량 판매가 증가한다고 합니다. 왜 그럴까요? 원하는 물건을 찾다가 구매 예정에 없던 물건들을 보게 되고 충동적으로 구매하는 양이 늘어나기 때문입니다.

이를 우리 삶 안에서도 적용할 수 있을 것 같습니다. 변화를 원한다면 내 주변을 바꿔야 한다는 것입니다. 익숙해지면 타성에 젖어서 아무런 진전도 변화도 이루어지지 않게 되기 때문입니다.

정리 정돈, 재배치만으로도 새로운 마음을 가질 수 있으며, 스스로 7퍼센트의 변화를 불러일으킬 수 있습니다. 주기적으로 내 마음을 아름답게 그리고 잘 정리 정돈할 수 있어야 합니다. 스스로 또 그 누구도 함부로 할 수 없는 마음을 간직해야 할 것입니다.

달라야 하는 이유

인간은 평등하다.
그러나 태생이 아닌 미덕이 차이를 만든다.

볼테르 _18세기 프랑스 계몽주의 사상가

우리나라 10대가 뽑은 장래에 가장 갖고 싶은 직업 1순위는 무엇일까요? 예상 밖으로 '공무원'이 1위라고 합니다. 왜 10대들이 공무원을 선택했을까요? 국가 공무원으로서의 구체적이고 체계적인 이상을 가지고 있어서가 아닙니다. 그 이유는 아주 단순합니다. 가장 안정적인 직업이라는 것입니다. 이런 안정 지향적인 성향은 문제가 생길 수밖에 없습니다. 개인의 발전과 변화를 기대하기 힘들기 때문입니다.

세계적인 투자가인 짐 로저스(Jim Rogers)는 한국은 세계에서 가장 역동적인 나라가 될 수 있는 환경을 가지고 있지만, 젊은 청소년들에게 꿈과 열정이 사라지고 있다는 점에 대해서 큰 우려를 표시합니다. 미래에 발전과 변화를 불러일으킬 가장 큰 자산이 줄어

들고 있기 때문입니다.

주식을 하는 사람들이 많아졌습니다. 은행 이자보다 훨씬 높은 수익을 만들 수 있다는 게 주식투자자들의 기대심리겠지요. 그런데 이득을 보았다는 사람보다 손해 보았다는 사람이 많다고 느껴지는 게 비단 저만의 느낌일까요?

펀드라는 것이 유행했던 적이 있습니다. 펀드를 통해 얼마를 이득 보았다고 말하는 사람이 많았고, 은행에 갈 때마다 은행 직원들은 펀드를 권유했습니다. 계속되는 제안에 저 또한 펀드가 무엇인지도 모르면서 가입하고 말았습니다. 그리고 며칠 뒤에야 일종의 투자라는 것을 알게 되었고, 수익률이 계속 떨어지는 것을 보면서 괜히 했다는 생각이 들었습니다. 물론 손해 보았다고 말하기에도 민망한 아주 적은 액수이지만 말입니다.

당시 펀드를 해서 손해를 많이 본 사람은 소위 '끝물'이라 불릴 때 가입한 사람이라고 합니다. 경우에 따라선 수익률이 조금 작을 수는 있어도 수익은 보장될 것으로 생각했지만, 오히려 큰 손실을 보게 된 것이지요. 그렇다고 해서 은행 직원을 탓할 수도 없는 노릇입니다.

다른 사람과 똑같이 사고하고 따라 한다면 성공할 확률이 낮습니다. 사회는 다수의 성공과는 반대의 방향으로 움직이고 있기 때문입니다. 실제로 성공한 사람들은 다른 사람과 전혀 다른 방식으로 사고했으며, 치밀하게 다듬어진 생각을 갖고 있던 사람이었습니다.

감정의 지배

나쁜 습관은 고치는 것보다 예방하는 게 더 쉽다.

벤저민 프랭클린 _18세기 미국의 정치가, 저술가

'갱년기'는 여성에게만 해당하는 것으로 알고 있었습니다. 이 시기에는 전신적인 노화 현상이 진행되어 홍분, 두통, 불면 등의 이상 증세가 나타나지요. 그러나 이 증세는 남성에게도 나타나는 증상이라고 합니다. 단지 남자라서, 한 가정의 가장으로서 약한 모습을 보이면 안 된다는 관습 때문에 참고 넘겼을 뿐이라고 합니다.

갱년기가 오게 되면 무기력이 동반됩니다. 삶의 목적에 대해 무의미를 느끼면서 점점 분노가 찾아오고, 이런저런 근심으로 불면증을 겪게 된다고 하더군요.

미국 미시간대학교 연구팀에 따르면 은퇴한 50세 이상 중년에게 가장 큰 영향을 미치는 것은 삶의 목적이 있느냐 하는 점이라고 합니다. 그러면서 이런 결론을 발표했습니다.

"목적이 있는 사람은 마음가짐이 몸의 면역 반응을 끌어내는 듯 했다. 이는 행복한 사람이 오래 사는 것과 같다."

새벽에 일어나는 것이 쉽지 않다고 하시는 분들이 종종 있습니다. '조금만 더 자자'라는 뇌의 유혹을 뿌리치기 힘든 거지요. 과로한 것도 아니면서 종종 늦잠을 자는 이유는 무엇일까요?

그 첫 번째는 변화에 필요한 초기의 힘인 '활성화 에너지'는 그 운동을 유지하는데 필요한 평균 에너지보다 훨씬 많은 양을 필요로 하기 때문입니다. 즉, 새벽에 일어나는데 드는 활성화 에너지는 기상 이후의 활동보다 더 많은 양의 에너지가 필요하다는 것입니다.

두 번째는 감정에 지배당하고 있기 때문입니다. 미국의 신경학자 안토니오 다마지오(Antonio Damasio)는 95퍼센트의 사람들이 감정에 따라 결정을 내린다고 말합니다. 예를 들어, 직장인이 "오늘 점심으로 뭐 먹을까?"라고 말하는 것은 실제의 생각을 묻는 것이 아니라, '오늘 뭐 먹고 싶은 기분일까?'라는 감정을 묻는 것이라고 합니다. 감정에 지배받고 있다는 것은 새벽에 일어나기 힘들다는 감정에 쌓여 있기 때문입니다. 실제와는 다른 거지요.

따라서 목표를 향해 행동하고 싶은 본능이 생기는 순간 곧바로 몸을 움직여야 한다고 합니다. 그렇지 않으면 조작된 감정이 머릿속에서 계속해서 방해한다는 것입니다.

5초의 법칙

끊임없이 노력하라. 체력이나 지능이 아니라
노력이야말로 잠재력의 자물쇠를 푸는 열쇠다.

윈스턴 처칠 _영국의 정치가이자 작가

샌디에이고 주립대 심리학 교수인 진 트웬지(Jean M. Twenge) 박사는 요즘 젊은 학생들의 우울증과 자살에 관해 연구하던 중에 상관관계가 있는 두 가지 활동을 지적합니다. 첫째는 스마트폰, 태블릿, 컴퓨터 등의 전자기기 사용이고, 두 번째는 텔레비전 시청이었습니다.

'Screen 대 Non Screen'의 차이가 상당히 크다고 주장합니다. 실제로 스크린 이용 시간이 하루에 2시간을 초과하면 우울증에 걸릴 위험이 점점 커졌고, 2시간 이하면 줄어들었습니다. 그런데 지금의 학생들은 스크린을 통해 소속감을 느끼고 있다는 것입니다.

인간 뉴런 설계는 타인과의 친근하고 지속적인 대면 접촉 속에서 진화했다고 주장합니다. 하지만 대면 접촉이 아닌 스크린 접촉을 통해 소속감을 느끼려다 보니 시스템에 불안을 일으키는 것이지요.

스크린을 통한 접촉은 쉽습니다. 그래서 사회성도 쉽게 얻을 수 있는 것처럼 보입니다. 그러나 사회성은 쉽게 얻을 수 있는 것이 아닙니다. 어렵고 힘든 것을 피하려는 사회적 분위기 때문에 스크린에 의한 접촉에 쉽게 빠지는 것입니다.

쉽고 편한 것은 결국 우리를 더 힘들게 만듭니다. 어렵고 힘든 과정을 통해 우리는 나의 성장과 더불어 진정한 사회관계를 만들 수가 있는 것입니다. 쉽고 편한 것의 끝은 결국 아무것도 하지 않는 것입니다. 인간의 뇌는 활발하게 활동하기보다 아무것도 하지 않고 신체 활동을 억제하는 것, 즉 게으름을 피우는 것에 고정되어 있다고 합니다. 실제로 많은 사람이 경험할 것입니다.

아침에 일어나 운동을 하겠다고 다짐했습니다. 그런데 이불 밖으로 나오기가 정말로 싫습니다. 뇌가 내 신체 활동을 억제하는 것입니다. 책을 읽거나 공부하겠다고 결심했습니다. 아무것도 하지 않고 텔레비전이나 보면서 쉬고 싶습니다. 이 역시 마찬가지입니다. 이때 필요한 것은 바로 행동하는 것이라고 합니다.

심리학자 멜 로빈슨(Mel Robbins)은 행동하려는 본능이 생기는 순간과 뇌에서 행동을 막는 순간 사이에는 5초의 간격이 있다고 말합니다. 뇌는 편안함을 즐기고 게으름을 추구하려는 속성 때문에, 해야 할 일이 떠오르면 그것을 방해할 만한 구실을 찾아냅니다. 이 간격이 5초입니다. 5초가 지나고 나면 해야 할 일을 행동에 옮기지 않겠다는 결정을 내립니다. 따라서 무조건 5초 안에 실행하는 '5초의 법칙'을 강조합니다. 그리고 이렇게 5초 이내에 행동하면 뇌는 자동으로 따라오게 된다는 것입니다.

곧바로 행동하는 모습, 미루거나 포기하는 모습보다 훨씬 나 자신을 위해서도 유익합니다. 아무것도 하지 않는다는 것은 삶이라 할 수 없습니다. 살아있어도 사는 게 아닙니다.

있는 그대로

이 세상에서 가장 행복한 사람은 일하는 사람,
사랑하는 사람, 희망이 있는 사람이다.

조지프 애디슨 _영국 수필가, 시인, 정치가

신중히 판단해야 한다는 말을 많이 하고 또 많이 듣습니다. 그렇다면 '판단'이란 무엇일까요? 국어사전을 보면 다음과 같이 정의하고 있습니다.

사물을 인식하여 논리나 기준 등에 따라 판정을 내림.

어떤 대상에 대하여 무슨 일인가를 판정하는 인간의 사유 작용.

그렇다면 우리가 대체로 하는 판단은 잘못될 때가 많은 것이 아닌가 싶습니다. '좋다, 나쁘다.', '옳다, 그르다.', '맞다, 틀리다.' 등 단순한 이분법적 생각으로 나누어 평가할 때가 얼마나 많습니까?

이런 판단이 아니라 있는 그대로의 사실만을 바라보는 판단이 더 옳다는 것을 알 수 있습니다. 사실 이분법적 판단은 우리에게 피곤함을 많이 가져다줍니다. 누군가를 탓하거나 상황을 비난하고 있을 때 마음이 편안해지지 않습니다. 불편함과 더불어 이를 듣고 따라야 하는 피곤함을 간직할 수밖에 없습니다. 있는 그대로를 보고 받아들이고 판단하는 세상의 소금과 빛의 모습으로 살아가는 것이 중요합니다.

소금만을 먹는 사람은 없습니다. 음식에 간을 맞추기 위해서 소금을 넣는 것이지, 소금 자체가 음식은 아닙니다. 소금은 이렇게 다른 음식 재료와 함께할 때 그 가치를 드러냅니다. 그리고 소금이 본연의 짠맛을 포기한다면 아무 쓸모가 없어 버려지고 말 것입니다.

빛 역시 빛 자체만으로는 그 의미가 드러나지 않습니다. 어둠으로 어떤 사물도 식별할 수 없을 때 사물의 존재를 드러낼 수 있도록 하는 것이 빛입니다. 이처럼 함께하면서 그 소중함이 더욱더 드러나는 것이 소금과 빛입니다. 여기서 중요한 한 가지는 함께하는 데 필요한 판단이 무엇이냐는 것입니다. 자기의 뜻과 생각만을 옳다고 해서는 안 됩니다. 있는 그대로를 보고 받아들이는 판단이어야 합니다.

중세 때 유다인들은 유럽 각 도시에 고리대금업자로서 활약했습니다. 고리대금업자라고 하면 지나치게 높은 이자로 돈을 빌려주는 행위로 알고 있지만, 중세 시대에는 이자를 아주 적게만 받아도 고리대금업자라고 불렀습니다. 이 논리를 가지고 이야기하면 지금 모든 은행의 행위는 아주 파렴치한 고리대금업입니다.

당시 교회는 이자를 받고 돈을 빌려주는 행위 자체를 매우 심각한 죄라고 말했습니다. 구원받을 수 없는 엄청난 죄라는 것이지요. 그래서 당시의 기독교인들은 누구도 고리대금업에 종사할 수가 없었습니다. 하지만 유다인은 기독교도가 아니었고, 당시 교회의 관점에서 볼 때 세례를 받지 않았기에 어차피 지옥에 갈 사람이라고 생각해서 이들의 은행업을 인정했던 것입니다.

지금 이 모습을 보면 어떻게 이렇게 무식할 수 있느냐고 말하겠지만, 당시에는 이것이 당연했습니다. 왜냐하면, 배운 사람이 없었고, 자신의 입맛대로 판단하고 단죄하는 종교인의 입김이 너무 컸기 때문입니다.

지금도 이런 어리석은 모습이 나타나곤 합니다. 자신이 가지고 있는 고정관념의 한계에 자신을 가두어서 얼마나 많은 잘못된 판단과 단죄를 반복하고 있습니까? 있는 그대로를 받아들일 수 있는 넓은 마음이 바로 삶을 올바로 이끄는 길입니다. 지금 나의 판단을 점검해보아야 할 때입니다.

정상일까 비정상일까

자신을 믿어라. 안 되면 믿는 척이라도 해라.
그러다 보면 정말 믿게 될 테니까.

비너스 윌리엄스 _미국의 테니스 선수

파도가 거센 바다를 항해하는 배들은 약간 옆으로 기울어져 있다고 합니다. 파도가 심할 때 똑바로 가게 된다면 오히려 배가 전복되는 대형 사고가 날 수도 있다는 것입니다. 그래서 의도적으로 약간 기울어진 상태에서 항해하게 됩니다. 어쩌면 우리의 인생도 이렇지 않을까요? 어렵고 힘든 상황에서 똑바로 살아갈 수는 없습니다. 약간 기울어져서, 즉 비정상적인 모습으로 살아가는 것이 오히려 정상이라고 말할 수 있습니다.

이런 경우를 생각해보십시오. 우리는 많이 웃어야 한다고 말합니다. 웃는 것이 건강에 유익하며 정상적인 삶의 모습이라고 합니다. 그런데 만약 사랑하는 사람의 죽음을 지금 막 경험한 사람이 유쾌하게 큰 소리로 웃을 수는 없는 노릇입니다. 이때는 슬피 우는 것이 정상입니다. 똑바로 살지 못한다고 힘들어할 필요가 없습니다. 똑바로 살지 못하는 것 같지만, 실상 가장 정상적으로 살고 있는 것입니다. 다른 사람을 향할 때도 같은 마음으로 받아들여야 한다는 것은 물론입니다.

"이 학생은 장차 어떤 일을 해도 성공할 수 없을 것으로 판단됨."

성적표에 담임선생님께서 이런 짤막한 의견을 써서 학부모에게 보냈습니다. 이 학생의 어머니는 앞이 캄캄했습니다. 그러나 아이를 바라보며 이렇게 말했습니다.

"너는 남과 다른 특별한 능력을 갖추고 있단다. 남과 같아서야 어떻게 성공하겠니?"

아이를 지켜본 선생님은 성공할 수 없다고 말했고, 어머니는 성공할 수 있다고 말했습니다. 과연 누구의 말이 맞았을까요?

성적이 엉망이고 뭐 하나 제대로 할 것 같지 않아 선생님으로부터 끔찍한 평가까지 받았던 이 아이는 훗날 일반상대성이론으로 과학사에 획기적으로 공헌하는 물리학자가 됩니다. 바로 아인슈타인입니다. 누군가를 평가한다는 것에 다시금 생각해볼 수 있는 일화입니다. 인간의 평가는 절대로 정확할 수 없습니다. 겉으로 보이는 부분을 판단하는 것이 아니라, 보이지 않는 훗날을 믿어주며 용기를 주는 사람이 되어야 합니다.

포기에 적당한 때는 없습니다

삶에 대한 절망 없이는 삶에 대한 희망도 없다.

알베르 카뮈 _알제리 출신의 프랑스 소설가

육상에 허들 경주 종목이 있습니다. 장애물을 뛰어넘어 결승선에 도달하는 순위를 다투는 경기입니다. 언젠가 육상 경기장에 갔다가 허들 선수들이 연습하는 장면을 보게 되었습니다. 그런데 이 허들의 높이에 깜짝 놀랐습니다. 1미터가 넘는 높이였고 그 무게도 상당했습니다. 총 열 개의 허들을 뛰어넘어야 한다고 합니다. 당연히 장애물이 없는 일반 트랙 경기보다 속도가 느릴 수밖에 없습니다.

이 경기를 보면서 우리 인생과 비슷하다는 생각이 들었습니다. 인생의 길에 장애물이 얼마나 많습니까? 이 장애물을 당연하다고 여겨야 합니다. 장애물을 넘는 과정이 인생이기 때문입니다. 축사의 짐승들에겐 장애물이 없습니다. 먹고 몸만 불리면 그만이지요. 그건 삶이 아닌 사육입니다.

그런데 장애물 자체가 넘기 힘든 높이라고 그냥 포기하면 어떨까요? 허들 경주 선수가 이렇게 했을 때 실격을 당하는 것처럼, 우리 역시 결승선에 도달할 수 없습니다. 승리의 기쁨은 고사하고 절름발이의 인생을 살게 될 것입니다.

허들 경기 선수는 달리는 연습뿐 아니라 허들을 뛰어넘는 연습도 합니다. 우리 역시 인생의 길에서 장애물을 뛰어넘는 연습을 게을리해서는 안 됩니다. 포기, 좌절이 아니라, 결승선이라는 희망을 바라보며 달려야 합니다. 순위는 중요하지 않습니다.

마라톤 경기라면 어떨까요? 장애물은 없어도 인내의 극한을 통과해야 합니다. 42.195킬로미터라는 거리 자체가 하나의 장애물입니다. 그런데 마라톤 선수들은 보통 시계를 차고 자신의 기록을 살펴보며 뛴다고 합니다. 일반인이 참가하는 대회를 보면 평균 4시간 30분 정도 걸리는데 이들의 기록을 살펴보다가 재미있는 결과를 찾을 수 있었습니다. 여러분도 이 질문을 생각해보십시오.

"59분대와 01분대 중에서 언제 더 많은 사람이 결승점에 들어올까요?"

3시간 59분대와 4시간 01분대, 4시간 49분대와 5시간 01분대…. 이런 식으로 비교해 보았는데 놀라운 결과를 확인할 수 있었습니다. 59분대에는 500여 명이었고, 01분대에는 390명으로 59분대가 1.5배 더 많았던 것입니다. 왜 그럴까요? 3시간 59분대에 들어온 사람은 4시간을 넘기지 않기 위해 마지막 힘을 쏟은 게 아닐까요?

만약 마지막 힘을 쏟아도 아무런 변화가 일어나지 않는다면 시간대의 차이는 보이지 않을 것입니다. 그러나 그 마지막 힘이 시간대의 앞자리를 바꿔 놓은 것입니다. 이는 우리에게 마지막 힘을 쏟을 수 있는 능력이 있음을 보여줍니다. 충분히 할 수 있고, 충분히 원하는 결과를 만들 수 있습니다. 그런데 왜 포기를 생각하십니까?

정신의학에서는 프로이트에서 비롯했다고 말하는 '에로스(Eros)와 타나토스(Thanatos)'의 이론이 있습니다. 에로스는 삶에 대한 본능, 즉 살려는 의지를 말합니다. 그리고 타나토스는 자기를 파괴해 죽음에 이르고자 하는 의지, 즉 죽음을 향한 본능을 의미합니다. 우리 내면에서는 늘 이 두 가지 욕망이 혼재하면서 살아가게 되지요. 그래서 스스로 목숨을 끊으려는 사람에게는 살려는 의지도 아주 강하다고 말하는 것입니다.

따라서 죽음과 같은 절망 안에서도 삶이라는 희망을 찾을 수가 있는 것이라고 할 수 있습니다. 무엇을 더 크게 바라보느냐에 따라 내 삶의 방향이 바뀌는 것입니다. 지나온 고통과 시련을 생각해보십시오. 그 순간이 영원할 것 같지만 절대로 영원하지 않았을 것입니다. 내 안에 내재한 희망이라는 삶에 대한 본능이 절망에서 벗어나 살 수 있도록 했기 때문입니다.

어제와 다른 오늘

과거가 영원히 변하지 않는다는 것은 나쁜 소식이지만,
미래가 아주 다양한 모습으로
자네 손안에 있다는 것은 좋은 소식이지.

앤디 앤드루스 _미국 베스트셀러 작가이자 방송인

지금도 '젊은 신부'라는 호칭이 제게 맞는 호칭이라고 생각하는데, 어느 순간부터 그런 호칭을 전혀 들을 수가 없습니다. 하긴 신학생 때 할아버지 신부님이라고 생각되었던 은경축(서품 25주년)을 맞이한 당시 신부님의 나이대를 살고 있다고 생각하니, 그 어떤 사람도 제게 '젊은 신부'라고 하지 못하겠구나 싶습니다.

이런 생각을 하다 보니 덜컥 겁이 납니다. 어느 책에서 이런 문장을 본 적이 있습니다.

"매년 조금씩 나이를 먹어가고, 매일 조금씩 삶은 복잡해져 간다."

나이를 먹으며 자신의 경험을 내세우며 '나는 맞고 너는 틀리다'라고 목소리를 높이는 꼰대처럼 살게 되는 것은 아닐까요? 다른 어떤 일보다 오직 내 일만 중요하게 여기는 속 좁은 삶을 살게 되는 것은 아닐까요? 충분히 해낼 수 있는 일도 게으름과 안일함 속에 숨어 외면하는 어리석은 삶을 살게 되는 것은 아닐까요? 삶이 더욱 복잡해져 갑니다.

지금과 다른 삶을 살고 싶은 것은 모든 사람의 희망일 것입니다. 저 역시 지금과는 다른 삶을 살고 싶습니다. 그렇게 살아보려고 얼마 전 큰맘 먹고 인터넷으로 강좌 하나를 신청했습니다. 예전부터 관심이 있었던 그래픽 강좌입니다. 사진을 보정하거나 원하는 이미지를 만드는 데 사용하던 프로그램인데 그동안 바쁘다는 이유로 손을 놨었습니다. 그러다 보니 기억나는 것이 없어서 강좌를 새롭게 신청했던 것입니다.

문제는 강좌를 봐도 잘 모르겠다는 것입니다. 거의 10년 동안 사용하지 않았던 프로그램이기에 새 버전의 프로그램은 화면 구성도 많이 바뀌었고 또 복잡해서 익히기가 힘들었습니다. 그러다 보니 하루 이틀 강좌에 빠지면서 전과 똑같아졌습니다.

아인슈타인은 말했습니다.

"어제와 똑같이 살면서 다른 미래를 기대하는 것은 정신병 초기 증세이다."

지금과 다르게 살겠다면 어제와 다른 삶을 살아야 합니다. 그러나 우리는 어떤 노력도 하지 않고 저절로 다른 삶이 되기를 원할 때가 많습니다. 아인슈타인의 말처럼 정신병 초기 증세에 들어선 것입니다. 어제와 다른 무엇인가를 해야지만, 지금과 다른 삶이 펼쳐질 수 있습니다. 나이가 많고 적음은 문제가 되지 않습니다.

《인생에서 너무 늦은 때란 없습니다》라는 책을 쓴 모지스 할머니를 떠올려 봅니다. 그녀는 76세가 되어서야 처음 그림을 그렸고, 그 후 20년 넘게 1,600여 점의 작품을 남겼습니다. 또, 90세에도 현역 모델을 하는 카르멘 델로피체도, 70세가 넘은 나이에도 유튜브 크리에이터로 왕성히 활동하시는 박막례 할머니도 후회의 삶보다는 지금 어떻게 사는 것이 중요한가를 보여주십니다. 삶은 점점 복잡해집니다. 그런데 이것을 풀어나가면 존경과 사랑을 받고, 풀기를 포기하고 투덜대기만 한다면 꼰대가 될 뿐입니다.

집착과 열정 사이

모든 성취의 출발점은 열망이다.
약한 불이 미약한 열기를 주듯
약한 열망은 미약한 결과를 안겨준다.

나폴레온 힐 _미국 성공철학의 거장

집착하는 사람을 우리는 좋아하지 않습니다. 집착의 사전적 의미는 이렇더군요. '어떤 것에 늘 마음이 쏠려 잊지 못하고 매달림.'

사람에 대한 집착으로 누군가를 힘들게 만들고, 돈에 대한 집착으로 눈살을 찌푸리게 합니다. 지나친 명예욕으로 누군가에게 아픔을 주기도 합니다. 그러나 이 집착이 좋은 방향으로 향하게 되면 열정으로 바뀌게 됩니다. 그래서 집착의 방향이 중요합니다.

유럽 성지순례에 나서 르네상스 시대의 빛나는 예술 작품들을 본 적이 있습니다. 레오나르도 다빈치의 〈모나리자〉, 미켈란젤로의 〈천지창조〉, 보티첼리의 〈비너스의 탄생〉 등등…. 이 작가들의 천부적 재능도 있었겠지만, 이들 모두 엄청난 집착의 결과물이 아닐까 싶습니다. 그러나 우리는 이를 집착이라고 말하지 않고, 열정이라고 이야기합니다. 나쁜 방향이 아닌, 바르고 좋은 방향으로 나아갔기 때문입니다. 따라서 집착을 무조건 나쁘다고 말해서는 안 됩니다. 하지만 분명한 것은 나쁜 집착이 아니라 좋은 집착이어야 한다는 것입니다. 올바른 집착은 열정이며, 열정은 집중력이라고 하는 놀라운 힘을 만들어 냅니다.

박경리 작가의 《토지》는 집필했을 때부터 완결에 이르기까지 26년이 걸렸습니다. 조정래 작가는 《태백산맥》을 4년 동안 준비하고 6년의 집필 기간을 거쳐서 완성했습니다. 황석영 작가는 《장길산》을 11년에 걸쳐 신문에 연재했습니다.

이렇게 긴 시간을 하나의 작품에만 집중한다는 게 어디 쉬운 일이겠습니까. 오랜 기간 준비하고 집필했기에 이러한 대작이 나올 수 있었겠지요. 그러나 그것보다 중요한 것은 집필에 대한 열정이 담보되었기 때문에 가능하지 않았을까 생각합니다.

우리는 늘 서두르며 삽니다. 어쩌면 늘 조바심을 내면서 사는 것 같기도 합니다. 이렇게 서두르다 보면 중요한 것을 놓치는 경우가 많아집니다. 결과의 질을 떨어뜨리고 개인의 역량을 저하합니다. 그런데도 불안감에 휩싸여 한군데에 집중하지 못하는 것입니다.

어떤 나무꾼이 나무를 하는데 가지고 있는 톱이 무디어져 있습니다. 빨리 나무를 베어서 장에 팔아야 한다는 이유로 무딘 톱으로 계속해서 힘만 쓰고 있는 것입니다. 이렇게 계속해서 힘을 쓰는 것이 옳을까요? 아니면 잠시 멈춰서 톱날을 날카롭게 가는 것이 옳을까요?

지금 어떤 자리에 있나요

인간은 인생의 방향을 결정할 규칙을 가지고 있어야 한다.

존 웨인 _영화배우, 미국 서부극의 우상

배 한 척이 바다를 항해하다가 폭풍우에 길을 잃고 표류하게 되었습니다. 장비 대부분이 파괴되고 고장나서 그냥 정처 없이 바다 위를 떠돌 수밖에 없었습니다. 지나가는 배만 나타나기를 간절히 기도할 뿐이었지요. 그런데 커다란 문제가 하나 생겼습니다. 식량은 어느 정도 있었지만, 먹을 식수가 없었던 것입니다. 바닷물을 마실 수는 없으니까요. 여기에 폭풍우 후에 쨍쨍 내리쬐는 햇빛은 갈증을 더욱더 심하게 느끼게 했습니다.

사흘쯤 지났을 때 드디어 지나가는 배를 발견하게 됩니다. 구조 요청을 했고, 지나가는 배는 멈춰서 배 안에 있는 사람들을 구출했습니다. 표류자들은 너무 목이 말라서 "물 좀 주세요. 사흘 동안 물 한 모금도 마시지 못했어요"라고 부탁합니다. 이에 선원들은 이상한 표정을 지으며 말합니다.

"여기는 강이에요. 이 강물을 마시면 되었잖아요."

바다에 표류하다가 자기들도 모르게 강으로 들어간 것이었습니다. 그런데 그 사실을 알지 못했기 때문에 계속해서 물을 마시지 못했던 것입니다.

1990년대 초반에 아르바이트로 밭농사를 도왔던 기억이 있습니다. 이 일을 하면서 가장 힘들었던 것은 '김매기', 바로 잡초를 제거하는 일이었습니다. 온종일 잡초를 뽑았는데, 다음날이 되면 그 자리에 또 다른 잡초가 올라와 있더군요. 너무 지루하고 힘들어서 "잡초를 그냥 놔두면 안 되나요?"라고 물었더니, 잡초를 뽑아줘야 농작물이 잘 클 수 있다는 것입니다.

하루는 잡초를 뽑다가 쑥을 보았습니다. 쑥은 먹을 수 있는 것 아닙니까? 그래서 "쑥은 그냥 놔둘까요?"라고 했더니, 여기서 키우는 농작물 외에는 다 잡초니까 뽑아야 한다고 말씀하십니다. 그리고 밀밭에 벼가 나고 있으면 이 벼가 잡초고, 보리밭에 밀이 나고 있으면 이 밀 역시 잡초라는 것입니다. 상황에 따라 그리고 어떤 장소에 나느냐에 따라 귀중한 곡물도 되고 곡물의 성장을 방해하는 잡초가 되기도 한다는 것이지요.

지금 우리의 모습도 이와 비슷한 것 같습니다. 지금 어디에 있느냐에 따라 귀한 존재가 될 수도 있고 쓸데없는 존재로 살아갈 수도 있습니다. 그런가 하면 구원의 진실을 바로 옆에 두고도 끊임없이 엉뚱한 곳을 찾아 헤매기도 합니다. 무엇보다 먼저 자신이 있는 곳이 어딘지를 알아야 합니다. 그래야 내가 가야 할 곳을 확인할 수 있기 때문입니다.

지금 당신은 어떤 자리에 있나요?

변화를 거부하면 일어나는 일

존재한다는 것은 변화한다는 것이다.
변화한다는 것은 성숙해진다는 것이다.
성숙해진다는 것은 지속적으로
자신을 새롭게 만들어 간다는 것이다.

앙리 베르그송 _노벨문학상을 수상한 프랑스 철학자

나우루 공화국이라는 나라가 있습니다. 울릉도의 3분의 1 정도의 크기밖에 되지 않는 아주 자그마한 나라입니다. 이 나라는 1980년대에 1인당 국민소득이 3만 달러를 넘는 부국이었습니다. 당시 미국이나 일본의 1인당 국민소득이 1만 달러 정도였으니 얼마나 부유했는지를 알 수 있습니다. 이렇게 부자 나라가 된 것은 그 나라에 있는 동물의 배설물(구아노) 때문이었습니다. 이 배설물이 인광석이라는 자원으로 변해서 엄청난 부자 국가가 된 것입니다.

전 국민이 자가용 비행기를 타고 피지나 하와이, 싱가포르로 매일 쇼핑하러 다녔고, 거리에는 람보르기니, 포르쉐 같은 고가의 자동차들이 즐비했습니다. 돈이 많으니 일을 하지도 않았습니다. 심지어 모든 노동력을 외국인 노동자로 대체하고, 심지어 공무원까지도 외국인을 채용했습니다.

이 상태로 30년이 지나자 일이라는 개념 자체는 실종했고, 여기에 인광석이 고갈되면서 1인당 국민소득이 2,500불에 불과한 최빈국으로 전락하고 말았습니다. 인광석이 커다란 축복이라고 생각했겠지만, 인광석이 가져다주는 부로 인해서 아무것도 하지 않아도 된다고 생각하게 했고 결국 나라 전체가 망할 수밖에 없었습니다.

자원의 매장량도 변하고 세상도 변합니다. 변화에 적응하지 못하거나 변화를 거부하면 결국 뒤처지고 밀려날 수밖에 없습니다.

세계 최초로 디지털카메라를 발명한 회사가 어디인지 아십니까? 현재 유명한 디지털카메라 회사를 생각하실지 모르겠습니다. 그런데 최초로 디지털카메라를 발명한 회사는 카메라 필름으로 유명한 '코닥'입니다. 일회용 카메라를 처음 개발한 회사도 '코닥'으로, 카메라 대중화의 최전선에 있었습니다. 여기에 디지털카메라까지 처음 발명했고, 미 우주항공국 NASA에 납품해서 우주에서도 사진을 찍을 수 있을 정도로 기술력이 뛰어났습니다. 그러나 2012년 1월 19일, 끝내 파산 보호 신청을 했습니다.

필름 그 자체를 상징하는 전설적인 회사가 파산했던 이유는 끝까지 필름만을 고수했기 때문이라고 합니다. 디지털카메라라는 신기술을 가지고 있었지만, 이 기술이 필름 시장을 잠식할까 봐 기술을 서랍 깊숙이 처박아 둔 것이었습니다.

시대의 흐름을 외면하면 어떻게 되는지를 보여주는 전형적인 예입니다. 우리 각자도 다르지 않습니다. 시대의 흐름을 읽지 못하면 자연스럽게 도태되고 따라갈 수 없어 뒤처진 삶을 살 수밖에 없습니다.

자신의 지식을 총동원해서, 자기주장을 절대로 굽히지 않으면서 상대를 설득하는 사람이 있습니다. 이런 사람은 똑똑한 사람일까요? 아닐까요?

사실 우리는 아는 것이 많고 머리 좋은 사람을 똑똑한 사람이라고 말합니다. 그러나 이 똑똑함이 인류 역사 안에서 얼마나 많은 실패를 만들었는지 모릅니다. 그래서 아마존 최고 경영자 제프 베이조스의 말이 크게 와닿습니다. 그가 말하는 같이 일하는 똑똑한 사람의 기준은 이렇습니다.

"자신의 이해를 계속 수정한다. 이미 해결한 문제도 다시 고려한다. 새로운 관점, 정보, 생각, 모순, 도전에 열려 있다. 예전 생각이 잘못되었다면 언제든 바꾼다."

변화를 두려워하지 않고 받아들이는 사람이 진짜로 똑똑한 사람이고, 이 세상 안에서 꼭 필요한 사람입니다. 자기 틀에서 벗어날 수 있는 자유로움을 잊어버려서는 안 됩니다.

즐거움은 절반의 성공

나는 살면서 단 하루도 일한 적이 없다.
모두 재미있는 놀이였을 뿐이다.

토머스 에디슨 _미국의 발명가

바로 위의 형과 저의 나이 차이는 네 살입니다. 그러다 보니 같이 놀 일이 그렇게 많지 않았습니다. 형이 초등학교에 다니고 있을 때도 미취학 아동이었던 저는 늘 혼자일 수밖에 없었습니다(저는 유치원을 다니지 않았습니다). 초등학교에 들어가서도 마찬가지였지요. 하교 시간의 차이로 인해서 집에 오면 늘 혼자일 수밖에 없었습니다. 집 근처에 다른 집이 없어서 친구도 없었습니다. 그래서 많이 외로웠겠지요?

아닙니다. 혼자서도 놀 것이 너무나 많았습니다. 넓은 마당을 혼자 돌아다니며 이것저것 만지면서 놀았습니다. 집 안에서도 제 호기심을 채워주는 것들이 많아서 혼자 있어도 늘 즐거웠습니다.

아이들은 호기심이 많습니다. "이게 뭐예요?" 하면서 묻는 것들이 얼마나 많습니까? 호기심이 많으면 외로울 수 없고 그래서 매 순간 즐겁게 살 수 있습니다. 그런데 어른이 되면서 호기심을 잃어버립니다. 혼자 하는 놀이도 즐거움도 사라집니다. 먹고사는 일과 관계가 없으면 별로 궁금한 것도 없고 굳이 알고 싶어 하지도 않습니다.

스탠퍼드대학 심리학 교수인 존 크럼볼츠(John Krumboltz)는 성공하는 사람의 공통된 행동을 발견했습니다. 이들은 호기심, 지속성, 낙관성, 유연성, 모험심을 갖고 '재미있겠는데?' 하는 자세로 모든 일에 임했다는 것입니다. 바로 어린이와 같은 순수함과 호기심을 성인이 되어서도 간직하는 사람이 성공한다는 것입니다. 일을 즐길 수 있기 때문입니다.

고등학교 졸업 후에 곧바로 신학교에 들어간 뒤에 새로운 관심사가 생겼습니다. 바로 등산입니다. 선배들을 따라서 등산을 하다 보니 그 재미가 엄청나게 컸습니다. 사람들은 "어차피 내려올 것을 왜 굳이 정상까지 오르니?"라고 말하지만, 산 정상에서 느끼는 기쁨은 말로 표현하기 힘들 정도였습니다. 이렇게 산에 대한 즐거움을 느끼면서, 휴일이나 방학 때에는 계속해서 등산만 했습니다.

그러다가 신학과 2학년을 마치고 군대에 입대했습니다. 이 기간에 가장 싫어했던 것이 '산악구보'였습니다. 산에 오르는 것에서 큰 기쁨을 얻었던 저였지만, 훈련이라는 이름으로 산에 가는 것은 너무나도 싫었습니다.

어떻게 생각하느냐가 중요하다는 것을 깨달습니다. 일이라 생각하면 고된 노동이 되겠지만, 즐긴다고 생각하면 일도 놀이가 될 수 있습니다. 그래서 유명 스포츠 선수들이 이런 말을 자주 하는 것 같습니다. "즐기는 사람을 이길 수 없다."

어떤 상황이든 즐길 수 있어야 합니다. 저는 하루에 책을 350페이지 정도를 읽습니다. 사람들은 이런 저를 보고 힘들지 않냐고 묻습니다. 그러나 책 읽는 것을 즐기기 때문에 전혀 힘들지 않고 오히려 기쁘기만 합니다. 어렵고 힘든 상황이 있다면 우선 어떻게 즐길 수 있는지를 떠올려 봐야 합니다. 분명히 즐길 수 있는 길이 있으며, 즐길 수 있을 때 큰 기쁨과 더불어 기대 이상의 성과를 거둘 수 있습니다.

가정 형편이 그렇게 좋지 않은 아이가 있었습니다. 아이의 아버지는 가족을 버리고 떠났고, 낙심한 어머니 역시 아이를 이모에게 맡기고는 어디론가 떠나버렸습니다. 이렇게 모두 떠나는 상황에서 아이의 자존감은 바닥에 떨어질 수밖에 없었고 '무슨 일을 해도 실패할 게 뻔해'라는 생각으로 가득했다고 합니다.

이모 집에 살고 있을 때, 어느 날 불쑥 어머니가 찾아와 기타를 선물로 주었습니다. 이때부터 아이는 기타에 빠져 살았습니다. 그러나 이모는 너무 기타에만 빠져 있는 것 같다면서 이렇게 말합니다.

"기타만 쳐서는 절대로 성공할 수 없어."

그러나 아이는 이모의 말에 굴하지 않고 열심히 기타를 쳤습니다. 기타와 함께라면 외롭지도 않았고 비관적인 생각도 들지 않았습니다. 무엇보다 기타를 연주하는 것 자체가 즐거움이었고 기쁨이었습니다. 그래서 더욱 몰입할 수 있었지요. 아이는 후에 멤버를 모아 시대를 휩쓰는 록그룹을 만들었습니다. 그가 바로 비틀스의 존 레넌입니다.

주변에서 이런 말을 많이 듣지 않습니까?

"네게 그건 너무 어려워. 일찍 포기하는 게 남는 거야."

이런 사회적 통념에 기가 죽고 그래서 포기하는 사람이 많습니다. 이런 상황에서 어떻게 되겠습니까? 어떤 변화도 이루어질 수가 없습니다. 처지가 어렵더라도 뭔가 즐길 수 있는 일이 있다면 이미 큰 가능성을 얻은 것입니다. 즐긴다는 것은 집중과 열정을 동반하게 되고 결국 큰 힘을 발휘하게 되니까요.

집이 넓은 이유

단순한 삶은 적게 소유하는 대신
사물의 본질과 핵심으로 통한다.
도미니크 로로 _프랑스 에세이스트

작년에 제 조카가 신혼집 축복을 해달라고 해서 집을 찾아갔습니다. 신혼여행을 하고 온 뒤에 찾아간 첫 방문이었지요. 그런데 현관문을 열고 들어서자 집이 너무 넓게 느껴져서 이렇게 말했습니다.

"단둘이 사는데 왜 이렇게 큰 집을 구했니?"

아직 아기도 없는 상태에서 둘만 쓰기에 이 집은 너무나 커 보였습니다. 조카는 이렇게 웃으면서 말하더군요.

"짐이 없어서 그래요."

결혼한 지 얼마 되지 않아서 아직 살림살이가 없었던 것입니다. 또 집이 커 보이는 이유는 벽이 없기 때문이었습니다. 베란다의 공간을 터서 거실로 사용하니 훨씬 더 넓어 보였습니다. 집이 넓어 보이는 이유는 벽이 없고 물건이 없기 때문이었던 거지요. 실제로 벽이 많은 건물 안에 들어가면 좁아 보인다는 느낌을 많이 받습니다. 그리고 세간살이가 많으면 아무리 넓은 집이라고 해도 비좁게 느껴집니다.

우리 마음도 그렇지 않을까요? 마음이 넓은 사람을 잘 보십시오. 우선 마음에 벽이 없어서 누구나 포용합니다. 또 복잡한 문제들로 마음을 채우고 있지 않습니다. 그러다 보니 넓은 마음을 가진 큰 사람으로 살아가는 것입니다.

처음으로 자전거를 타고 장거리 여행을 갔을 때가 생각납니다. 강화에서 부산까지 자전거 여행을 계획하고 준비한 뒤에 드디어 출발하는 날이었습니다. 배낭을 어깨에 짊어지고 힘차게 출발했습니다. 워낙 자전거 타는 것을 좋아하니 기분도 좋고 상쾌한 기분도 들었습니다. 그러나 시간이 지날수록 너무 힘이 드는 것입니다. 특히 어깨가 너무나 아팠습니다. 어깨에 짊어진 배낭 때문입니다.

배낭에 모든 짐을 담고 들었을 때는 그렇게 무겁게 느껴지지 않아서 이 정도면 자전거 여행에서 힘들지 않겠다 싶었습니다. 그러나 아니었습니다. 점점 더 무거워지면서 체력이 급격히 떨어지는 것을 느낄 수 있었습니다. 결국, 대전의 한 우체국에 들어가 배낭 전체를 집으로 보냈습니다.

이제 남은 짐은 아주 간소해졌습니다. 칫솔과 치약, 비상금이 전부였습니다. 이렇게 짐을 정리한 뒤 자전거 여행에 온전히 집중해서 즐거운 시간을 가질 수가 있었습니다. 많은 것을 가질수록 그것을 유지하기 위한 비용이 드는 법입니다. 게다가 소유는 결국 또 다른 소유물을 불러들이게 되어 있습니다.

이제 내 인생의 배낭을 정리해야 합니다. 무엇을 버려야 할까요? 어떻게 하면 자유롭고 가벼운 발걸음으로 앞으로 힘차게 나아갈 수 있을까요?

시련을 마주할 때

인성은 쉽고 조용하게 계발될 수 없다.
시련과 고통의 경험을 통해서만 영혼은 강해지고
야망이 고무되고 성공이 이뤄질 수 있다.

헬렌 켈러 _미국의 작가이자 사회복지사업가

〈미성년〉이라는 영화가 있습니다. 이 영화의 한 장면 중에 이제 막 태어난 인큐베이터에 있는 동생을 향해 누나가 이렇게 말하는 것입니다(이 누나는 나이가 그렇게 많지 않지만, 어려운 형편에 계속 아르바이트를 하고 있습니다).

"사는 거 되게 빡세다. 각오는 돼 있어? 힘내!"

사는 것이 내게는 어떠했는가 생각해보면 이 말에 큰 공감이 갈 것입니다. 나를 뛰어넘는 일을 해야 할 때도 있고, 하기 싫은 일도 해야 합니다. 사랑과 친밀감을 유지하고 싶지만, 미움과 부정적인 마음이 들 때는 또 왜 이렇게 많은지요? 그래서 빡센 세상임을 깨닫습니다.

빡세다는 것을 인정해야 합니다. 빡센 세상이 자연스러운 세상임을 인정해야 합니다. 그래야 편하고 쉬운 세상만이 진짜라고 착각하는 것에 빠지지 않기 때문입니다. 빡세다고 해서 의미가 없을까요? 이를 이겨냈을 때의 기쁨은 그저 편하고 쉬운 일을 겪게 되었을 때와 비교했을 때 엄청나게 큽니다. 결국 빡센 세상도 선물이 될 수 있습니다. 큰 기쁨을, 그래서 큰 행복으로 나아가는 선물입니다. 이제 스스로에게 늘 이렇게 말해 보십시오.

'사는 거 원래 빡센 거야. 각오는 돼 있어? 힘내!!!'

세상이란 게, 삶이란 게 원래 그런 겁니다. 동서고금의 역사를 통틀어 인간의 삶이 빡세지 않았던 시절이 있을까요? 오히려 삶을 편한 것으로 받아들여지는 게 문제일 수 있습니다.

도저히 있을 수 없는 일이 현실이 되면, 어떻게 하십니까? 아마 믿을 수 없다고 하면서 옆 사람에게 이러한 부탁을 하시는 분도 있지 않을까요?

"이게 꿈이야 생시야? 정말인지 내 뺨 좀 꼬집어 주세요."

뺨을 꼬집어서 통증이 오면 현실이라는 것이지요. 이렇게 고통을 느낀다면 살아있다는 증거가 됩니다. 고통과 아픔이 전혀 없다면 살아있는 것이 아니라, 꿈을 꾸고 있거나 죽어 있는 것이 아닐까요?

자기 삶에서 왜 이렇게 고통이 많은지 모르겠다며 눈물짓는 분들을 많이 봅니다. 그러나 앞서도 말씀드렸듯이 고통을 느낀다는 것은 살아있다는 증거입니다. 비록 힘들고 죽을 정도로 버겁기도 하지만, 분명히 살아있는 것입니다.

삶과 죽음 사이에서 무엇을 선택하시겠습니까? 당연히 삶을 선택해야 합니다. 그렇다면 삶의 증거라고 할 수 있는 고통과 시련을 피하거나 거부해서는 안 되는 것입니다.

코로나바이러스로 인해서 힘든 사람이 많았습니다. 치킨집을 운영하는 어떤 형제님도 바이러스 확산으로 손님이 줄어서 힘든 시간을 보낼 수밖에 없었습니다. 원망도 많이 했습니다. 그 순간, '배달을 전문으로 해보자'라는 생각이 들었고, 일부러 지금 막 튀긴 치킨을 들고 아파트를 돌아다니면서 냄새를 풍겼다고 합니다. 그리고 바이러스 문제가 없었던 때보다 더 높은 수익을 보았다고 합니다.

고통과 시련에 그냥 머문다면 어떨까요? 아마 불평불만이 끊이지 않았을 것입니다. 그러나 그 고통과 시련을 넘어서자 기쁨의 삶이 다가옵니다.

고통과 시련의 모습으로 우리를 찾아오는 것이 참 많습니다. 암과 같은 중병, 심각한 경제적 어려움, 오해나 순간의 실수로 생기는 불명예의 순간, 그리고 무엇보다 큰 것은 사랑하는 이의 죽음일 것입니다. 분명히 큰 고통이여 지금을 충실하게 살지 못하게 하는 시련입니다. 이를 마주했을 때 보이는 반응이 보통 세 가지입니다.

첫째, 고통과 시련에 무기력하게 무너지는 사람입니다. 두려움 속에서 심지어 극단적인 선택을 하기도 합니다. 우리 사회의 높은 자살률은 이런 유형과 관련이 있을 것입니다.

둘째, 고통과 시련이 지나가기만 기다리며 견디어 내는 사람입니다. 혼자의 힘으로 견디어 내기가 힘들어 술이나 약의 힘을 빌리기도 합니다. 아무튼, 위축된 삶을 살아가는 유형입니다.

마지막은, 고통과 시련을 겪으며 오히려 한 걸음 나아가며 성장하는 사람입니다. 이 안에서 긍정적인 모습을 찾으며 의미를 발견해 나가는 사람입니다. 고통과 시련이 오히려 삶의 기회가 되는 사람입니다.

실제로 역사 안에서 이름을 떨친 사람은 운이 좋은 사람도, 소위 금수저로 태어나 모든 것을 다 갖춘 사람이 아니었습니다. 바로 고통과 시련 속에서도 삶의 의미를 찾는 사람이었습니다.

당신은 어떠합니까?

예민하신가요

극단적인 슬픔은, 오래 계속되지는 않는다.
어떤 사람이든지 슬픔에 지고 말든가,
그것에 익숙해지든가 둘 중 하나다.

메타스타시오 _18세기 이탈리아 시인

우울증으로 힘들어하는 분들을 종종 만납니다. 이분들의 고통은 이런 것입니다.

"왜 저는 이렇게 예민한 것일까요?"

사람들은 예민한 성격보다는 둥글둥글한 성격을 좋아합니다. "너는 성격이 예민해"라는 말과 "너의 성격은 둥글둥글해"라는 말 중에 어떤 말이 좋은 말로 들립니까? 말 한마디에 흔들리는 자신의 성격이 아니라, 어떤 말에도 전혀 상관없는 성격이길 원합니다. 그러나 놀라운 사실이 하나 있습니다. 세상을 바꾼 사람, 세상에 커다란 획을 그은 사람은 모두 예민한 사람이었다는 것입니다.

예민한 성격을 좋은 쪽으로 바꿀 수도 있고 오히려 정반대인 나쁜 쪽으로 나아갈 수도 있습니다. 스티브 잡스, 아이작 뉴턴, 윈스턴 처칠, 슈만 등은 모두 예민한 성격의 소유자로 심각한 우울증을 앓았던 것으로 알려져 있습니다. 그러나 그들은 자신의 예민함을 좋은 쪽으로 변화시켰습니다.

자신을 어떻게 받아들이냐가 중요합니다. 예민한 성격이 결코 나쁜 성격이 아님을 인정하면 또 다른 변화를 가져올 수가 있습니다. 이 인정의 단계에 들어서기가 쉽지는 않습니다.

어느 정신의학자의 책을 보니, 정신과 치료를 받으러 오시는 대부분이 자신의 상태를 인정하지 않는다고 말합니다. 우울증이 있다는 진단 결과를 받아도 자신은 우울증이 아니라 하고, 치매 증상을 보여도 치매가 절대 아니라고 말한답니다. 자살을 시도할 가능성이 많은 이는 이제 자신은 죽고 싶다고 생각하지 않는다며 더 이상의 자살을 부인한다고 합니다.

이들은 분명히 정신과 치료를 받아야 할 상태입니다. 그런데 이들의 공통점은 '예민하다'라는 것이지요. 이 예민함으로 똑같이 고통을 겪습니다. 그러나 누구는 환자가 되어 지속적인 고통 속에서 허덕이게 되고, 다른 누구는 이 예민함을 잘 다루어서 사람들의 존경과 사랑을 받습니다. 따라서 치료를 받아야 한다는 것이 분명해집니다. 부정하면 부정할수록 힘들어지는 것은 자기 자신이기 때문입니다.

고통의 다른 말

참다운 열정은 꽃과 같아서
메마른 곳에서 피어날수록 더 아름답다.
발자크 _소설가, 프랑스 사실주의 문학의 거장

이탈리아 성지순례 중에 바티칸의 시스티나 성당을 찾았던 적이 있습니다. 이 성당에는 미켈란젤로의 〈천지창조〉가 있지요. 세 번째 방문이었지만, 다시 봐도 이 거대한 천장화의 웅장함은 대단한 것 같습니다. 그런데 문득 의문이 생겼습니다.

'미켈란젤로는 화가가 아니라 조각가인데?'

그의 대표작인 베드로 대성당에 있는 피에타상, 피렌체에 있는 다비드상을 떠올릴 수 있을 것입니다. 그의 주 종목은 분명히 조각이었습니다. 실제로 그는 이 천장화를 그리기가 죽기보다 싫었다고 합니다. 자기가 하고 싶었던 조각을 할 수 없었기 때문이지요.

더군다나 천장화를 그리는데 얼마나 힘들었겠습니까? 계속 얼굴을 위로 향한 채 작업을 해야 했기에, 고개도 아픈 것은 당연하고 시력 감퇴까지 가져올 수밖에 없었습니다. 만약 당시 교황 율리우스 2세의 부탁이 아니었다면 분명히 거절할 일이었습니다.

작업은 고통의 연속이었습니다. 그러나 그는 자그마치 4년에 걸친 작업으로 이 대작을 완성합니다.

고통은 라틴어로 'Passo'입니다. 그런데 이 라틴어에서 파생되어 나온 단어가 'Passion', 즉 열정입니다. 열정이 고통 없이 생길 수 없음을 이 단어를 통해 생각하게 됩니다. 실제로 열정과 고통은 같은 방향으로 가고 있습니다. 단지 열정이 커져서 고통이라고 생각되지 않는 것입니다. 운동선수들을 떠올려 보십시오. 그들이 소화하는 운동량은 정말로 많고 그래서 힘듭니다. 그러나 열정이 있어서 이 모든 훈련량을 거뜬하게 이겨내는 것입니다. 오히려 즐긴다고까지 말하지 않습니까?

고통 속에 매여 있다고 생각되면서 좌절하고 절망을 하게 되는 것입니다. 따라서 이 순간에 나의 열정을 찾아야 합니다. 물론 이 열정을 찾기란 쉽지 않습니다. 고통 그 자체에 함몰되어 있기 때문입니다.

2

사실이 아닌 진실을 보는 눈

긍정의 마법

바람이 불지 않을 때
바람개비를 돌리는 방법은 앞으로 달리는 것이다.

데일 카네기 _미국의 작가, 자기 계발의 창시자

늘 불평불만을 안고 사는 사람이 있었습니다. 따라서 매사에 우울했고 당연히 행복하지 않았습니다. 이 사람을 평소에 눈여겨보았던 마을의 현자가 물 한 잔을 가져오라고 했고 여기에 소금 한 줌을 타서 마시게 했습니다. 그리고 묻습니다.

"물맛이 어떠냐?"

"너무 짜서 마실 수가 없습니다."

이제 근처의 맑은 호숫가로 데리고 가서 아까처럼 소금 한 줌을 호수에 타게 했습니다. 그리고 호수의 물을 떠서 한 모금 마시게 한 뒤 묻습니다.

"물맛이 어떠냐?"

"시원합니다."

"소금 맛이 나느냐?"

"전혀 나지 않습니다."

현자는 말합니다.

"불행의 양은 누구나 똑같다. 다만 이 불행을 어디에 담느냐에 따라 크기가 달라진다. 유리잔이 아니라 호수가 되어라."

내 마음은 유리잔일까요? 아니면 호수일까요? 불평불만이 많다면 유리잔에 불과할 것입니다.

아잔 브라흐마(Ajan Brahma) 스님의 《술 취한 코끼리 길들이기》라는 책을 보면 이런 이야기가 나옵니다.

한 스님이 사찰을 지었습니다. 그러나 공사를 마치고 보니 한쪽 벽면에 벽돌 두 장이 눈에 거슬리게 튀어나와 보이는 것입니다. 그래서 혼자 '이 벽을 허물고 다시 쌓아야 하나?'라고 날마다 걱정하고 있었습니다. 벽을 지날 때마다 신경이 쓰이고, 누군가 그 벽 앞에 서 있으면 한없이 부끄러워졌습니다. 그러던 어느 날, 한 방문객이 절을 둘러보다 그 벽을 가만히 보더니, 스님에게 정말로 아름다운 벽이라며 칭찬하는 것입니다. 스님은 의아한 생각이 들어 그 벽엔 벽돌 두 장이 잘못 튀어나와 있다고 말했습니다. 그러자 방문객은 스님을 보고 방긋 웃으며 이렇게 말합니다.

"제 눈엔 잘못 얹힌 벽돌 두 장도 보이지만, 그보다는 훌륭하게 잘 쌓여있는 아흔여덟 장의 벽돌이 훨씬 더 잘 보입니다."

사람마다 부족함은 있기 마련입니다. 그렇다고 장점이 없을까요? 거의 전부인 장점은 보지 않고 두 장의 부족함이 마치 전부인 것처럼 생각하고 있었던 것이 아닐까요? 자기 자신을 바라볼 때, 이런 시각을 갖게 됩니다. 자신의 부정적인 모습이 인생 실패로 여기는 경우가 얼마나 많습니까? 자신을 똑바로 바라볼 수 있는 사람이 다른 사람도 똑바로 바라볼 수 있습니다. 늘 감사한 마음을 가지고 기쁘고 행복하다면 호수와 같은 넓은 마음을 가지고 있는 사람입니다.

어렵지 않아요

어떤 사람의 사랑은 지극히 하찮은,
혹은 시시한 예에서부터 시작된다.
무라카미 하루키 _일본의 베스트셀러 소설가

옛날 어떤 나라의 왕에게 누군가가 매 한 마리를 선물했습니다. 아주 멋진 매였지만 문제가 있었는데, 이 매가 처음에 앉은 나뭇가지에서 절대로 벗어나지 않는다는 것이었습니다. 하늘을 멋지게 나는 매의 모습은 볼 수가 없었습니다. 왕은 유능한 조련사를 붙여 보았지만, 이 매는 나뭇가지를 떠나지 않을 뿐이었습니다. 주술사를 부르고, 철학가를 부르고, 그 나라의 모든 현자를 불러보았지만 아무도 이 매를 움직이게 할 수가 없었습니다.

그런데 어느 날, 이 매가 하늘을 멋지게 날았습니다. 왕은 깜짝 놀라서 누가 이렇게 했는지 물으니 매를 날게 한 사람은 의외로 아주 초라한 농부였습니다. 왕이 매를 날게 했던 방법을 물으니 아주 간단한 방법을 말해줍니다.

"저는 그저 그 나뭇가지를 잘랐을 뿐입니다."

갑곶성지 초창기에 난방을 고민하다가 어렸을 때의 꿈을 떠올리며 화덕 난로를 설치했습니다. 어렸을 때 텔레비전에서 보았던 장작을 때는 벽난로가 얼마나 멋져 보였는지 모릅니다. 하지만 벽난로는 설치비가 만만치가 않아서 근처 철공소에서 제작한 화덕 난로를 사서 설치했습니다. 무엇보다 성지 뒤에 산이 있어서 나무는 충분하다고 생각했던 것이지요(나중에 그 산이 우리 산이 아니기에 함부로 나무를 사용해서는 안 된다는 사실을 알 정도로 무식했던 저였습니다).

설치 후에 할 일이 생겼습니다. 난로에 넣을 수 있는 크기로 나무를 잘라야 했습니다. 창고를 보니 손도끼가 있어서, 열심히 이 손도끼로 장작을 팼습니다. 손에 물집이 잡힐 정도로 힘이 들었습니다. 그런데 이렇게 애쓰는 모습을 본 순례를 오신 형제님께서 이렇게 말씀하십니다.

"신부님, 무겁고 큰 도끼를 써야 편합니다."

내 손에 딱 맞는 손도끼도 제대로 다루지 못하는데, 크고 무거운 도끼를 어떻게 다룰 수 있을까 싶었습니다. 그런데 그 형제님은 "장작은 도끼가 패는 것이지, 사람이 패는 것이 아닙니다. 사람은 그저 거들 뿐이지요."라고 하시는 것입니다.

철물점에서 큰 도끼를 사 온 뒤에 이 말씀의 뜻을 알 수 있었습니다. 장작은 도끼가 패는 것인데, 제가 패는 것이라는 생각에 그 고생을 했던 것입니다. 이렇게 단순한 사실조차 놓치고 살고 있다니 그저 헛웃음만 나옵니다.

"청소하려면 무엇이 필요할까요?"

세 살 된 아이의 언어 이해력을 평가하는 문제입니다. 그리고 바닥에는 많은 사진이 펼쳐져 있습니다. 펼쳐진 사진 속에서 정답을 찾는 것이 문제였습니다. 아이는 과연 어떤 사진을 선택했을까요? 청소기였을까요? 하지만 아이는 계속해서 사진을 찾더니만 이렇게 말하는 것입니다.

"답이 없어요."

청소기 사진이 없었을까요? 아닙니다. 선생님께서는 분명히 답이 있으니 잘 찾아보라고 말씀하셨지요. 그러나 아이는 아무리 봐도 답이 없다는 것입니다. 그래서 선생님께서 답이 무엇이냐고 물었습니다. 아이는 "먼지요"라고 말하는 것이 아닙니까? 먼지가 있어야 청소를 한다고 생각했던 것입니다.

틀린 답일까요? 아닙니다. 이 역시 맞습니다. 가장 근본적인 먼지가 있어야 청소기도 필요하겠지요. 세 살밖에 되지 않은 아이에게서도 진리를 배웁니다. 가장 근본적인 것을 찾아야 한다는 것을 말이지요.

사실이 아닌 진실을 보는 눈

우리를 겁에 질리고 경악하게 하는 것은
외부의 사건 그 자체가 아니라, 우리가 그것들을 생각하는 방식에 있다.
에픽테토스 _2세기경 로마 스토아학파의 철학자

1890년, 프랑스 파리에 사는 한 노인에게 이웃에 사는 화가가 손수레 가득 수백 점의 그림을 싣고 찾아왔습니다. 이 화가는 노인에게 빌린 돈을 도저히 갚지 못할 것 같다면서 자신의 그림을 빌린 돈 대신 받아달라고 요청했습니다. 그러나 노인은 "이 그림이야 내게 짐만 될 뿐이야. 그림을 도저히 받을 수 없네"라면서 단호히 거절했습니다. 이 노인의 아내는 이 이야기를 듣고는 이렇게 말했다고 하네요.

"수레라도 받아 놓지 그랬어요?"

이 화가의 이름은 여러분도 잘 아는 빈센트 반 고흐입니다. 그의 작품은 그가 살아있을 때는 아무도 알아주지 않았다고 하지요. 그러나 지금 그의 작품 가격은 어마어마합니다. 1990년에 그의 작품 〈가세 박사의 초상〉이 8,250만 달러(한국 돈으로 약 980억 원)에 팔렸을 정도입니다. 그러나 이 노인은 이 작품의 가치를 알지 못했기 때문에 단순히 쓸모없는 짐으로만 생각했던 겁니다. 그때 그 그림을 받아들였다면 후손대대 큰 부를 누리면서 살게 되었겠지요.

다른 이야기입니다. 예전에 모차르트를 다룬 영화 〈아마데우스〉가 큰 인기였습니다. 그런데 이 〈아마데우스〉 포스터를 본 어떤 분이 "잘못됐는데?"라면서 고개를 갸웃거리는 것입니다. 저는 아무리 봐도 잘못된 것을 찾을 수 없어서 어떤 점이 이상한지를 물었습니다. 그러자 "피아노를 보세요"라고 말하는 것이 아닙니까? 제가 알고 있는 피아노와 다른 점이 하나도 없었습니다. 그런데 다른 것이 없다는 것이 문제라는 것입니다.

모차르트 시대에는 피아노 건반의 검은색과 흰색 위치가 반대였다고 하더군요. 흰 건반 재료였던 코끼리 상아의 가격이 훨씬 비싸서 지금과 정반대로 배치되었다고 합니다. 19세기에 들어와서 상아 대신 아크릴을 쓰게 되면서, 흰 건반이 주가 되어야 한다는 이유로 지금의 모습으로 바뀌었다는 것입니다. 따라서 모차르트가 쓰는 피아노는 검은색이 주를 이루어야 정상이라는 것이지요.

상상해보십시오. 검은색이 주를 이루는 피아노. 너무 이상하지 않습니까? 그러나 처음의 피아노가 그러했고, 당시에는 아무도 이상하다고 생각하지 않았습니다. 관습적으로 내려오는 것들을 고치기는 쉽지 않습니다. 그만큼 고정관념으로 내 사고 자체가 닫혀 있기 때문입니다.

지금 우리의 눈앞에 보이는 것들이 사실일 수는 있어도 진실이라고 할 수는 없습니다. 진실은 특정한 시간과 공간에 속에서 드러나는 것이 아니기 때문입니다. 따라서 지금 자신의 판단이 무조건 맞는다고 생각해서도 안 됩니다. 그 판단이 나중에 큰 후회를 가져올 수밖에 없습니다. 그래서 늘 한 번 더 생각하고 판단하는 마음이 필요합니다. 그 마음속에 앞으로 펼쳐질 세상의 씨앗이 담겨 있습니다.

두려움이라는 괴물

> 두려움은 미신의 근본이며, 잔인함의 근원이다.
> 두려움을 정복하는 것이 지혜의 시작이다.
>
> 버틀란트 러셀 _영국의 수학자, 논리학자, 철학자

땅바닥에 폭 30센티미터의 간격으로 두 개의 선을 긋습니다. 이 폭 30센티미터 간격 사이로 똑바로 걸어갈 수 있을까요? 별로 어려워 보이지 않습니다. 폭 30센티미터는 두 발을 나란히 모아도 남는 공간이기 때문입니다. 그렇다면 땅바닥이 아니라, 3미터 높이 위에 폭 30센티미터가 되는 나무다리가 있다고 생각해보십시오. 이 다리를 땅바닥처럼 편하게 걸을 수가 있을까요? 아마 불안한 자세를 취하며 조심스럽게 걸을 수밖에 없을 것입니다. 혹시 나무다리에 몸을 완전히 기대서 힘들게 걸을지도 모르겠습니다.

땅바닥의 선과 3미터 높이의 다리는 폭이 30센티미터로 똑같은 넓이입니다. 하지만 그 위에 올라섰을 때의 반응은 분명히 다릅니다. 어쩌면 3미터 높이에 있는 나무다리의 폭이 더 좁다고 느껴질 것입니다. 왜 그럴까요?

두려움 때문입니다. 혹시라도 발을 헛디뎌서 3미터 아래로 추락할 수 있다는 생각이 두려움을 만듭니다. 땅바닥에서는 절대로 이 폭에서 벗어나는 실수를 하지 않는데도 불구하고 '혹시'라는 아직 일어나지 않은 일을 가정하면서 두려움을 갖게 되는 것입니다.

삶 안에서 많은 두려움을 안고 있는 우리입니다. '혹시…' 하고 갖게 되는 일어나지 않은 일에 대한 두려움은 개인의 능력을 현저히 떨어뜨림은 물론 삶의 질과 만족도를 훼손합니다. 그렇다고 미래에 대해 지나치게 낙관적인 태도로 일관하는 것도 문제겠지요.

심리학자 대니얼 네틀(Daniel Nettle)의 연구 결과가 아주 흥미롭습니다. 그는 한 사람의 10년 후 행복을 예측하는데 무엇이 가장 중요한 요소인지를 조사했습니다.

나이, 건강, 가족 관계, 돈, 지위, 친구 등등 여러 가지 요소를 비교했지요. 이를 통해 미래에 얼마나 행복할 수 있는지, 무엇이 행복을 결정하는 요소로 작용하는지를 살펴보는 조사였습니다. 이 요소들이 모두 행복과 긴밀히 연결되어 있다고 생각했지만, 사실상 미래의 행복을 예측하는 데는 정확도가 너무 낮았습니다. 정확도가 높은 것은 딱 하나뿐이었습니다.

'현재의 행복 지수.'

지금 얼마나 행복하냐에 따라 미래의 행복이 좌우되는 것입니다. 지금 행복한 사람이 미래에도 행복하고, 지금 행복하지 않은 사람은 미래에도 행복하지 않을 가능성이 큽니다. 따라서 바로 지금의 행복을 찾아야 합니다. 오늘을 희생해야 미래가 행복할 것이라는 착각에서 벗어나야 합니다.

미래에 대한 근거 없는 불안과 두려움, 지나치게 낙관적인 태도는 현재의 삶을 갉아먹고 자라는 괴물입니다.

맘고생크림케이크

우리에게는 현재의 인생에 불만을 품을 어떠한 권리도 없다.
자신의 인생에 도저히 만족할 수 없다면,
자기 자신에게 불만을 품고 있다는 증거이다.

레프 톨스토이 _19세기 러시아 문학을 대표하는 소설가

미국 스탠퍼드대학교 심리학과 연구진은 호텔 청소원을 대상으로 실험을 했습니다. 두 집단으로 나누어, 한 집단에만 청소가 건강한 삶을 위해 미연방 의무감이 추천하는 일이라는 정보를 제공했습니다. 두 집단은 똑같이 청소 업무를 수행했지만 4주 후 자기가 하는 일이 건강에 좋다고 믿은 집단에서만 체중, 혈압, 체지방, 허리와 엉덩이의 치수, 체질량 지수가 모두 감소했습니다.

생각을 달리 하는 것만으로도 체중을 줄이고 건강을 회복할 수 있다는 사실을 이 실험을 통해서 알 수 있습니다. 어떤 경우라도 긍정적인 마음가짐으로 임했을 때 좋은 결과를 가져올 수 있다는 것입니다. 이렇게 우리 마음 안에는 신체를 지배하는 놀라운 힘이 있습니다.

내 안의 그 신비한 힘을 끌어내기 위해선 무엇보다 습관적으로 갖는 부정적인 마음을 제거해야 합니다. 이를 위해 언어의 선택부터 다시 정립할 필요가 있습니다. 예를 들어, '저는 노래를 진짜 못해요'라는 말보다는, '아직 노래를 제대로 배운 적이 없어요'라는 식으로 관점을 바꿀 수 있는 말이 필요합니다.

자기 불신의 마음을 버려야 하는 겁니다. 대신 성장으로 안내할 수 있는 긍정적인 마음이 내 안에 자리 잡도록 해야 합니다.

어떤 분에게 들었던 이야기입니다. 우연히 빵집에 갔다가 특이한 이름을 가지고 있는 케이크 하나를 보게 되었답니다.

'맘고생크림케이크'

그러잖아도 요즘 힘들어서 맘고생을 많이 하고 있었는데, 얼마나 많은 사람이 맘고생을 하고 있으면 이런 이름의 케이크까지 생겼을까 싶었습니다. 그래서 빵집 직원에게 이 케이크를 가리키면서 말했습니다.

"여기 맘고생크림케이크 하나 주세요."

그런데 직원이 알아듣지를 못합니다. 계속해서 "네? 네?"만 반복할 뿐이었습니다. 그래서 손으로 가리키면서 "이거요!"라고 말하는 순간, 자신이 이 케이크 이름을 잘못 읽었음을 깨달았습니다. 이 케이크의 이름은 이러했습니다.

'망고생크림케이크'

그냥 웃어버리고 말 이야기지만, 사소한 듯 소중한 메시지를 담고 있기도 합니다. 어떤 마음을 가지고 있느냐에 따라 보는 것도 달라진다는 겁니다. 그렇다면 어떤 마음을 가지고 이 세상을 살아야 할까요? 긍정과 사랑, 희망과 기쁨이 담긴 마음을 가지고 살아야 합니다. 그래야 '맘고생 크림'이 '망고 생크림'으로 보입니다.

내리막길의 영성

우리는 사상이나 힘으로 승리한 사람들을
영웅이라고 부르지 않습니다.
고귀한 미덕을 가진 사람을 영웅이라고 부르겠습니다.

로맹 롤랑 _노벨문학상을 수상한 프랑스의 소설가

헨리 나웬(Henri Jozef Machiel Nouwen) 신부님은 가톨릭 사제이며 유명한 신학자입니다. 저도 신학생 때 이분의 글을 읽고 큰 감명을 받았던 기억이 있습니다. 특히 인간의 심리를 다룬 그의 영성은 사제를 준비하는 제게 많은 도움을 주었습니다.

신부님은 여러 유명 대학에서 강의했고 또 많은 저서를 통해 사람들의 사랑을 받았습니다. 그러나 자신이 제일 자신 있고, 또 많은 시간을 들였던 가르침의 길에서 행복을 얻지 못했다고 합니다. 그리고 자신의 소명은 교수가 아니라 봉사라고 생각해서, 캐나다 토론토의 몸이 불편한 사람들이 모여 사는 '라르쉬 데이브레이크'라는 공동체의 일원이 되었습니다. 이곳에서 환우의 용변을 치우고 목욕을 도와주는 등 온갖 고된 허드렛일을 하며 생활했습니다.

이와 같은 삶을 선택한 이유에 대해 이렇게 말씀하셨습니다.

"저는 그동안 성공과 권력이라는 꼭대기를 향하여 외로운 오르막길만을 걸었습니다. 오르막길에서는 성공과 칭찬에 둘러싸여 '나'만 보입니다. 그러나 이곳에서 환우들의 고통에 동참하는 삶을 통해 하느님의 뜻을 더 잘 알게 되었습니다. 비로소 깨달았습니다. 인생은 내리막길에서 훨씬 더 성숙해진다는 것을요."

신부님께서 말씀하신 내리막길의 영성에 대해서 다시금 생각하게 됩니다. 자기 자신을 낮추는 것이 결코 쉬운 삶은 아닙니다. 그러나 행복한 삶입니다.

"여러분에게 간청합니다. 내가 죽거든 내 육신을 사막에 내버려 새들과 들짐승의 먹이가 되게 하십시오. 나는 하느님을 거슬러 많은 죄를 지었기에 무덤에 안장되기 합당치 않습니다. 아니면, 우리가 사는 그곳에 구덩이를 하나 파서 어떠한 영예의 표식도 없이 나를 묻어 주십시오. 죄 많은 내 영혼을 위해 기도해주기를 간청하며, 또한 여러분 모두에게 용서를 청합니다. 나 역시 여러분을 용서합니다. 하느님께서 우리 모두에게 자비를 베푸시기를 기원합니다."

15세기, 러시아 수도 생활의 개혁 운동을 주도한 닐 소르스키(Nil Sorskii)의 유언입니다. 한 시대의 영성을 아름답게 수놓은 위대한 영적 사부의 유언은 한없이 소박하고 겸손했습니다.

사실 하느님 앞에서는 한없이 작아질 수밖에 없는 우리입니다.

그러나 하느님보다 더 커지려고 하는 일들이 얼마나 많습니까? 하느님의 영광보다 나의 영광을 드러내는데 더 큰 노력을 기울입니다. 교만의 마음이 생길 때 하느님을 바로 바라볼 수 있어야 합니다. 특히 죽음 앞에서 나약하고 부족한 나를 똑바로 인식하게 될 것입니다.

판단의 오류

사람은 누구나 자기 시야의 한계를
곧 세상의 한계로 받아들인다.
이게 바로 지성의 오류다.

아르투어 쇼펜하우어 _19세기 독일의 염세주의 철학자

예전에 맛있게 식사를 했던 식당이 생각나서 친한 신부들과 함께 갔던 적이 있습니다. 식사하면서 신부들에게 "맛있지 않아?"라고 물으니, 어떤 신부가 이렇게 말합니다.

"네 입맛을 알겠다. MSG 입맛이구나."

이 가게의 음식에 조미료가 많이 들어가서 맛있는 것이지, 특별히 맛있는 집은 아니라는 것이었습니다. 사람들은 MSG라는 조미료가 몸에 좋지 않다고 생각하기 때문에 맛 자체를 인정하지 않습니다. 그런데 식품의약품안전처에서는 이렇게 공식적인 견해를 내놓았습니다.

"MSG를 평생 먹어도 안전하다. 식품의 첨가량에 상한선이 없을 정도다."

MSG가 몸에 좋지 않다고 생각하는 이유는 어느 연구자의 논문에서 비롯되었다고 합니다. 어린 쥐에게 MSG를 먹이니 이 물질이 뇌로 가서 흥분성 신경전달물질로 작용해서 뇌신경 세포막을 파괴하고 뇌하수체에 이상을 일으키고, 물질대사와 성장에 장애를 불러일으키는 부작용이 확인됐다는 것입니다. 하지만 이 실험은 학계에서 아주 몰상식한 실험으로 평가받고 있습니다. 왜냐하면, 사람으로 치면 60킬로그램의 사람에게 무려 500그램에 가까운 양의 MSG를 매일 지속해서 먹이는 실험이었기 때문입니다.

오히려 MSG는 소금보다 치사율이 낮고 비타민 B12, 비타민 C보다도 독성이 덜하며, 헬리코박터 파일로리균에 의한 위 손상으로부터 점막을 보호해주기도 한다는 실험 내용이 있습니다. 잘못된 상식이 진실로 호도되는 경우가 바로 이런 경우입니다.

20년 전, 전 세계적으로 자폐증 환자가 급증하는 현상이 일어났습니다. 그런데 마침 그 시기에 인터넷이 대중화되면서 사람들이 여기에 푹 빠지게 되었지요. 그러자 인터넷이 자폐증을 부추긴다는 주장이 나왔습니다. 그것도 세계적으로 권위 있는 옥스퍼드대학의 연구에서 나온 것입니다. 사람들은 이 주장을 받아들이면서 인터넷의 해로움을 강조하기 시작했습니다. 하지만 이 또한 잘못된 주장이었음이 밝혀졌습니다.

서로 직접적인 연관 관계가 없는 두 사건이라도 우연히 동시에 일어날 수가 있습니다. 어느 해에 황새의 수가 증가했는데 동시에 아기 출산도 증가했습니다. 그렇다면 황새의 숫자 증가가 아기 출산과 연관이 있다고 말하면 사람들이 믿을까요? 황새와 사람은 전혀 연관이 없다면서, 억지로 꿰맞추지 말라고 말할 것입니다. 이런 판단의 오류 속에서 살고있는 우리입니다. 문제는 일단 어떤 판단을 내리면, 그 판단에 잘못이 있을 가능성 자체를 배제하고 무조건 옳다는 식으로 주장한다는 것이지요.

프랑스의 발명가 조제프 몽골피에(Joseph-Michel Montgolfier)는 세계 최초로 열기구를 하늘에 띄웠습니다. 그러나 사람들의 반응은 시원찮았습니다. 최초로 하늘을 나는 기구였지만, 불과 8분 정도만 상공에 머물 수 있었고 3킬로미터의 거리만 비행했기 때문입니다. 쓸모없는 곳에 돈과 시간을 낭비하고 있다면서, 열기구의 발명을 심하게 비웃었습니다. 그런데 미국 건국의 아버지라고 불리는 벤저민 프랭클린이 이 열기구가 대단하게 쓰일 것이라며 극찬을 한 것입니다.

몽골피에보다 훨씬 더 유명하고 많은 사람의 사랑을 받고 있었던 벤저민 프랭클린이었기에 사람들은 다시금 열기구에 관심을 두게 됩니다. 하지만 이 열기구가 도대체 어떻게 쓰이게 될지를 알 수가 없어서 이렇게 묻습니다.

"저희가 보는 관점과 다른 것 같습니다. 이 열기구는 도대체 어떻게 쓰일까요?"

그는 대답합니다.

"그건 모르지만, 분명히 쓸모가 있을 것입니다. 막 태어난 갓난 아기가 어떻게 될지를 아는 사람이 혹시 있습니까?"

실제로 이 열기구가 있었기에 100년 뒤에 라이트 형제의 무동력 비행기가 탄생할 수가 있었습니다. 이해되지 않는다고 해서 섣부르게 판단하면 자칫 '판단의 오류'에 빠지는 실수를 범할 수 있습니다. 이 같은 실수를 줄이기 위해서라면 무엇보다 진중하고 세심한 사고와 경청하는 자세, 열린 마음을 갖추어야 할 것입니다.

남이 나와 같을 수는 없습니다

스스로를 향해 판단의 잣대를 들이대지 마세요.
그럴 때마다 당신이 얻는 것은 상처뿐입니다.

파울로 코엘료 _브라질 출신의 세계적인 베스트셀러 소설가

제가 아는 신부님 중에 고기를 구울 때는 반드시 자신이 직접 구워야 한다고 생각하는 분이 계십니다. 다른 사람이 고기 굽는 것을 인정하지 못해서지요. 심지어 고깃집에서 직원이 구워주는 것도 못마땅하게 생각합니다.

이 신부님의 고기 굽는 법은 자주 뒤집지 않는다는 것입니다. 자주 뒤집으면 고기의 육즙이 증발해서 맛이 떨어진다는 게 그 이유입니다. 이 신부님과 함께 강원도에 한우로 유명한 고깃집을 간 적이 있습니다. 한우에 대한 자부심이 높은 곳으로, 고기 굽는 것을 사장님께서 직접 해주십니다. 이 사장님 역시 여간해선 남이 고기 굽는 것을 인정하지 않습니다.

 잠시 뒤에, 이 사장님의 고기 굽는 법과 앞서 말씀드린 신부님

의 고기 굽는 법이 완전히 다르다는 것을 알게 되었습니다. 글쎄 사장님은 고기를 계속 뒤집는 것입니다. 그래야 육즙이 고기의 한가운데 모이게 된다는 것이었지요. 전혀 다른 방식이었지만 고기는 다 맛있었습니다. 그렇다면 누가 맞는 것일까요? 누군가가 이렇게 말하네요.

"고기는 무조건 맛있는 것 아냐?"

자기 방식만 맞는 것은 아닐 것입니다. 너도 맞고, 나도 맞고, 서로를 인정하는 것이 어쩌면 고기를 제일 맛있게 먹는 비결이 아닐까요? 참고로 제가 가장 맛있게 먹는 고기는 '배고플 때 먹는 고기'입니다.

어느 미술학원에서 모델을 앞에 두고 학생들이 그림을 그리고 있었습니다. 시간이 다 되어서 학생들이 그린 그림을 확인하면 다 똑같을까요? 한 명의 모델을 똑같이 보고서 그렸으니, 거의 똑같은 그림이 학생의 숫자만큼 나왔을까요?

아니었습니다. 같은 모델이지만 학생들이 바라보는 시각의 차이에 따라서 다르게 보일 수밖에 없었습니다. 또 누구는 전신을, 다른 누구는 모델의 부분을 그리기도 하고 분위기와 모델의 표정 등 제각각의 그림이 나왔습니다. 눈은 시각적 정보를 수집할 뿐이며 개인의 고유한 인식 틀을 거쳐 뇌에 전달되기 때문에 같은 사물을 두고도 사람은 모두 다른 이미지를 갖게 된다고 합니다.

똑같은 상황에서 사람들이 느끼는 감정도 모두 다릅니다. 어느 사람이 길에서 울고 있습니다. 이 모습을 보고, 누구는 힘들어서 울고 있다고 생각하면서 같이 울면서 함께합니다. 이상한 사람 취급을 하면서 쳐다보기만 하는 사람도 있습니다. 길에서 울고 있다고 역정을 내는 사람도 있습니다. 이렇게 우리가 바라보는 시각과 감정에 따라 모두 다른 마음을 가질 수밖에 없습니다. 그걸 인정할 줄 알아야 합니다.

연필과 여행이 주는 교훈

목적지에 닿아야 행복해지는 것은 아니라,
여행하는 과정에서 행복을 느낀다.

앤드류 매튜스 _동기부여 전문가, 베스트셀러 작가

어느 책에서 '연필이 주는 교훈'이라는 글을 읽을 수 있었습니다. 그 내용을 정리해서 적어봅니다.

첫째, 연필은 뾰족하게 깎아야 합니다. 이처럼 우리의 몸과 마음을 깎아야 합니다. 이렇게 다듬는 것은 고통이 될 수도 있지만, 나의 쓸모를 높이게 됩니다.

둘째, 가장 중요한 것은 밖이 아니라 안에 있습니다. 겉이 아무리 아름다워도 연필심이 부실하면 좋은 글씨를 쓸 수 없습니다. 우리 역시 내면의 성장에 힘을 쏟아야 합니다.

셋째, 연필로 쓴 잘못된 글씨는 지우개로 쉽게 지울 수 있습니다. 우리 역시 실수를 저지를 때마다 즉시 지워서 바로 잡을 수 있어야 합니다.

넷째, 연필로 글을 쓰지만, 훌륭한 글은 연필을 손에 쥔 작가에게서 나옵니다. 자신의 인성과 지성을 가다듬어야 좋은 글을 쓸 수 있습니다.

다섯째, 연필로 쓴 것을 지워도 자국이 남습니다. 이처럼 우리의 삶도 늘 흔적을 남깁니다. 그 자국들이 내 삶이라는 것을 인정해야 합니다.

연필이 주는 교훈을 생각하면서 지금의 나를 어떻게 변화시킬지 묵상해 보셨으면 합니다.

또 이런 글을 하나 읽었습니다.

10대는 두려움을 없애주기 위한 여행.
20대는 학습과 체험을 하기 위한 여행.
30대는 꿈과 희망을 품기 위한 여행.
40대는 향후의 삶을 설계하기 위해 필요한 경험을 쌓는 여행.
50대는 살면서 미처 모르고 지나쳤던 것을 보기 위한 여행.
60대는 열심히 살아온 지난 시간에 대한 보상을 받는 여행.
70대는 삶의 짐을 내려놓는 여행.

인생 자체가 하나의 여행임을 깨닫게 해주는 글입니다. 그런데 여유롭게 떠나는 여행이 무조건 좋고 기쁜 것만은 아니겠지요.

학창 시절에 여비도 없이 무작정 떠났던 여행들이 있었습니다. 하루에 한 끼도 제대로 먹지 못하면서 강행했던 여행이었습니다. 차비를 아끼려고 무조건 걷기만 했던 시간이었습니다. 당시에 이 여행을 마치고 돌아와서는 '집 떠나면 고생'이라는 사실을 깨닫게 된 것이 큰 수확이라고 생각했습니다. 그러나 지금도 그때의 여행에 대한 기억이 여운처럼 남아 있습니다. 분명히 어렵고 힘들었지만 '나'를 성장할 수 있게 해주었던 감사한 시간이었습니다.

편하고 쉬운 여행보다 어렵고 힘든 여행이 나의 성장을 위해서는 오히려 필요합니다. 고통과 시련을 피하지 마십시오.

아름다움도 변합니다

회의주의자는 바람을 탓하고
낙천주의자는 방향이 바뀌기를 기다리지만,
리더는 상황에 맞춰 항해를 조정한다.

존 맥스웰 _리더십 전문가, 목사

연세가 지긋하신 어르신께 '노인'이라고 말하면 별문제가 없습니다. 그런데 '늙은이'라고 말하면 어떻게 될까요? 아마 불손하고 되먹지 않는 사람이라고 호통이 날아올 겁니다. 그런데 '노인'은 한자어이고, 늙은이는 순우리말입니다. 왜 순우리말이 막말 취급을 받는 것일까요?

계집이라는 말도 순우리말이지만, 여성을 향해 '계집'이라고 하면 여성을 비하한다고 비판받을 수 있습니다. 아내를 향해 '마누라'라고 지칭하는 것도 아내를 우습게 보는 말이라고 합니다. 그러나 구한말 흥선대원군은 명성황후를 향해 마누라라고 호칭했습니다. 며느리인데도 말입니다. 당시 마누라는 지체 높은 사람의 부인을 높여 부를 때 사용하는 말이었던 것입니다.

시간에 따라, 또 장소에 따라 옳고 그름이 달라질 수 있음에도 우리는 자신에게만 맞춰서 옳고 그름을 판단하는 데 익숙해져 있습니다.

환하게 웃고 있는 한 여인의 사진이 있습니다. 웃고 있는 여인의 사진을 보고서 그 누구도 비난할 수 없을 것 같습니다. 그런데 이 사진을 장례식장에서 찍었다고 한다면 어떨까요? 침통해야 하는 장례식장에서 환하게 웃고 있는 것은 예의에 어긋난다면서 비난할 것입니다. 실제로 유명 정치인이 장례식장에서 웃었다고 큰 비난을 받은 적이 있었습니다. 그러나 이는 오해였습니다. 계속해서 침통해 있다가 옛날 친구를 오랜만에 만나 반갑게 웃는 모습이 찍혔을 뿐이었습니다. 이것이 비난받을 이유가 될까요?

외모를 보고서 그 사람의 상태를 맞출 수 있는 확률은 43퍼센트밖에 되지 않는다고 합니다. 동전의 앞뒤를 맞추는 50퍼센트의 확률보다도 떨어집니다. 그런데도 자신이 본 것이, 또 들은 것이 정답인 것처럼 생각합니다. 판단의 오류에 빠지고 마는 것입니다. 섣부른 판단 속에서 너무나도 쉽게 오류를 범하는 우리입니다.

역사적으로 유명한 미인들이 있습니다. 양귀비, 클레오파트라……. 그런데 빼놓을 수 없는 인물이 1900년대 테헤란에 살았던 이란 공주 '타즈 살타네 카자르'입니다. 당시 그녀가 얼마나 인기가 있었는지 페르시아 귀족 남성 46명이 그녀에게 청혼했는데, 그중 13명이 거절당하자 스스로 목숨을 끊을 정도였다고 합니다.

얼마나 아름다웠으면 이 정도였을까 싶었습니다. 그래서 인터넷으로 '혹시 정보가 있을까?' 하면서 '타즈 살타네 카자르'를 찾아보니 나옵니다. 하지만 아름다운 외모의 여성이 아니라, 남성에 가까운 끔찍한 외모의 여성입니다.

그녀는 키가 작고 발목이 굵었으며 허벅지까지 올라오는 양말을 신었습니다. 여기에 엉덩이 위로 치마 밑단이 꽃부리처럼 활짝 펼쳐지는 발레 치마를 입었습니다. 패션 감각이 전혀 없어 보이지 않습니까? 여기에 제가 남성이라고 볼 수밖에 없었던 이유가 콧수염이 있었기 때문입니다. 눈썹도 막대기처럼 짙어서 산도적처럼 보였습니다.

이 외모가 당시 미의 상징이었던 겁니다. 지금의 아름다움과는 상반되는 모습이 분명합니다. 미의 기준도 시간과 공간에 따라 이렇게 변합니다. 어쩌면 모든 기준이 바뀌고 있지 않을까요? 결국, 지금 우리가 내세우는 기준들 또한 영원하지 않습니다.

틀렸다고 상대방을 향해 말할 때 정말 틀린 것은 '나'일 수 있음을 기억해야 합니다.

숨은 희망 찾기

빛을 퍼뜨릴 수 있는 두 가지 방법이 있다.
촛불이 되거나, 그것을 비추는 거울이 되는 것이다.
이디스 워튼 _여성 최초로 퓰리처상을 수상한 미국의 소설가

희망은 어디에 있을까요? 희망에 대해 전하는 옛이야기가 생각납니다.

사람들이 너무 많은 죄를 짓자 하느님께서는 인간에게 벌을 내리기로 했습니다. 그래서 천사들과 함께 어떤 벌을 내릴지 회의를 열어 '희망'을 숨길 것을 결정했습니다. 사람들은 희망 없이 세상을 사는 게 쉽지 않기 때문이지요. 그러나 아예 없애는 건 인간에게 너무 가혹하다고 생각해서 '희망'을 스스로 찾을 수 있도록 숨기기로 한 것입니다. 문제는 이 희망을 어디에 숨길 것인가였습니다.

오랜 회의 끝에 희망을 인간 마음속에 숨기기로 했습니다. 인간은 모험 정신이 강하고 영리하지만, 마음을 헤아리려 하지 않기에 찾기 힘들 것이라고 판단한 것입니다.

이 이야기를 떠올리며 우리 마음을 바라봅니다. 정말로 희망이 우리의 마음에 있는 것 같습니다. 어떤 마음을 품느냐에 따라서 희망을 간직하고 힘차게 살아갈 수도 있고, 그 정반대도 될 수 있기 때문입니다.

우리의 마음을 바라봐야 하지만, 많은 이가 바깥에서 희망을 찾으려고 합니다. 돈과 물질, 명예, 욕심과 이기심을 채워야 희망이 있다고 생각합니다. 그래서 열심히 살아가고는 있지만, 희망 없이 어렵고 힘들게 살아갑니다. 희망 없이 무작정 앞으로만 질주하고 있기 때문입니다.

삶의 만족도를 높이려는 노력을 아끼지 않는 우리입니다. 삶의 만족도가 높아야 행복하게 살 수 있다고 생각하기 때문입니다. 그래서 하는 것이 무엇일까요? 소위 성공이라고 불리는 돈과 지위의 상승을 추구합니다. 그렇다면 돈과 지위의 상승이 삶의 만족도를 높이는 요인이 될까요?

미국 버펄로대학 연구팀은 2,100명을 대상으로 이 부분에 관한 연구 결과를 발표했습니다. 경제적 성공이 목표였던 사람일수록 삶의 만족도가 낮다는 것입니다. 돈의 가치를 높이 평가할수록 외롭고 단절된 기분을 자주 느끼며, 가까운 지인들과 보내는 시간이 적었습니다.

삶의 만족도를 높이는 방법은 경제적인 성공이 아니었습니다.

순간의 만족을 가져다줄 수는 있지만, 오랜 시간의 만족을 가져다 주지는 못하기 때문입니다. 지속적인 삶의 만족도는 사람과의 관계 안에서 이루어집니다. 나를 인정하고 지지하는 사람이 많아질수록, 특히 사랑받고 있다는 것을 깨닫게 될 때 삶의 만족도는 올라갈 수 밖에 없습니다.

내 마음을 바라볼 수 있어야 합니다. 그 안에 희망이 있기 때문입니다. 주변을 따스한 눈길로 바라보고 좋은 관계를 유지해야 합니다. 삶의 만족도를 지속시켜 주기 때문입니다. 많은 문명의 혜택을 누리면서도 그 어느 때보다 암울한 시간을 보내고 있는 요즘, 희망의 나, 기쁨의 나, 행복의 나를 만날 수 있을 것입니다.

메멘토 모리

이 세상에 죽음만큼 확실한 것은 없다.
그런데 사람들은 겨우살이는 준비하면서도 죽음은 준비하지 않는다.

레프 톨스토이 _19세기 러시아 문학을 대표하는 소설가

스트레스에 대한 관심이 많습니다. 암의 원인이 이 스트레스에서 온다는 연구 결과가 있고, 스트레스로 인해 우울증이 온다고 알려져 있기 때문입니다. 그렇다면 스트레스가 아예 없다면 어떨까요? 정말로 행복해질 수 있을까요?

주요 신경내분비계로 스트레스에 대한 반응을 보이는 동물의 HPA 축을 제거한 뒤에 어떤 일이 일어나는지를 살펴보았습니다. 이 동물들은 만사에 심드렁하고 아무런 움직임도 보이지 않았습니다. 심지어 일부는 먹는 것조차 관심을 보이지 않았습니다. 스트레스를 받는 부분의 손상으로 인해 아무것도 하지 못하는 것은 사람도 마찬가지였습니다.

스트레스에 대해 부정적인 뉘앙스를 갖게 되지만, 인간의 제 기

능을 위해서는 필요하다는 것을 알 수 있습니다. 특히 단기간의 스트레스는 집중력을 높이고 사고 기능을 예리하게 만드는 것으로 알려져 있습니다.

스트레스를 없애는 것이 아니라, 적당한 스트레스는 필요하다는 것입니다. 무조건 스트레스를 거부한 것, 이것 역시 또 다른 스트레스의 원인은 아닐까요? 따라서 적당한 스트레스를 삶의 활력으로 여기면서 인정하고 받아들이는 자세가 필요합니다. 나 자신의 발전은 바로 이런 인정과 수용을 통해서 시작됩니다.

우리의 스트레스 중에서 가장 큰 부분은 죽음입니다. 사랑하는 사람의 죽음은 어마어마한 스트레스로 다가오게 됩니다. 그렇다면 이 죽음을 무조건 피할 수가 있을까요? 어떤 사람도 죽음에서 벗어날 수는 없습니다. 누구나 한 번은 죽음의 문턱을 지나야만 합니다. 그런데도 이를 스트레스로 받아들이고 힘들어하는 것은 죽음 자체를 인정하지 못하고 수용하지 못하기 때문은 아닐까요?

약은 독이라면서 아무리 아파도 약을 먹지 않는 분이 있습니다. 사람들은 미련하다고 말하면서도 이분이 워낙 튼튼해서 정말로 약을 먹지 않는 것이 더 좋을 수도 있겠다고 생각했습니다. 실제로 어떤 책을 보면, 현대인은 너무 많은 약을 먹고 있어서 면역력이 떨어진다고 하지 않습니까? 약은 몸을 약하고 상하게 할 뿐, 몸에 전혀 도움이 안 된다는 것이 맞는 것일까요?

병을 치료하는 원리는 '이독치독'이라고 합니다. 병이란 독의 상황을, 약이라는 독으로 치료한다는 것이지요. 이는 약만이 아닙니다. 음식도 몸에 반드시 좋은 것만 있지는 않습니다. 그렇기에 이 말이 정답이 아닐까 싶네요.

"음식도 적게 먹으면 약, 많이 먹으면 독이다. 독도 적게 먹으면 약, 많이 먹으면 독이다."

약을 독이라고 생각하면 절대로 치료제가 될 수 없습니다. 그러나 독도 약이 된다고 생각하면 치료제가 될 수 있습니다.

결국 죽음에 대한 스트레스 또한 죽음을 인식하는 것으로 해소될 수 있는 것입니다. 무의식중에 죽음을 거부하려는 심리가 스트레스를 유발하는 것이지요. 죽음을 기억할 것! 유명한 경구입니다.

"메멘토 모리."

틀린 것과 다른 것

세상 사람은 모두 자기의 기억력을 개탄한다.
그러나 누구도 자신의 판단력을 개탄하지 않는다.
라 로슈프코 _17세기 프랑스 작가이자 도덕주의자

저도 종종 맞춤법이나 띄어쓰기를 잘못할 때가 있습니다. 글을 쓰다 보면 예전의 습관을 그대로 따르는 것입니다. 그러나 오랫동안 글을 쓰고 책을 읽다 보니, 종종 다른 사람의 글에 신경 쓰일 때가 있습니다.

'며칠'을 '몇일'로 쓰는 경우, '낫다'(감기가 낫다)로 써야 할 것을 '낳다'로 쓰는 경우, '계발'이라고 써야 하는데 '개발'로 쓰는 경우, '결제'(매매 당사자 사이의 거래 관계를 끝맺는 일을 뜻함)라고 써야 할 것을 상관이 부하가 제출한 안건을 검토하여 허락하거나 승인할 때 쓰는 '결재'로 사용하는 경우 등등…. 하지만 가장 많이 신경이 쓰이는 것은 '틀리다'와 '다르다'를 똑같이 '틀리다'라고 쓰는 경우입니다.

‘틀리다’는 ‘셈이나 사실 따위가 그르게 되거나 어긋나다’라는 뜻입니다. 그리고 ‘다르다’는 ‘비교가 되는 두 대상이 서로 같지 아니하다’라는 뜻입니다. 그런데 이런 말을 많이 쓰지 않습니까?

“너는 나랑 틀려!”

다른 것을 틀린 것처럼 생각합니다. 그 가운데 소외되는 사람이 생기게 되고, 절대로 함께할 수 없게 됩니다. 다른 맞춤법이야 틀려도 괜찮지만, ‘다르다’와 ‘틀리다’는 정확하게 사용해야 할 것 같습니다. ‘틀린 그림 찾기’가 아니고 ‘다른 그림 찾기’인 것처럼 말입니다.

어렸을 때 젓가락질을 못 한다고 혼났던 기억이 있습니다. 주먹을 쥐듯 젓가락질한다고 혼났습니다. 젓가락질이 힘들고 불편하더라도 고쳐야지만 예의에 어긋나지 않는다고 어른들이 말씀하셨습니다. 그래서 혼자 열심히 연습해서 고쳤습니다. 물론 고친 젓가락질도 틀렸다면서 또 혼나고, 이렇게 몇 차례의 교정 끝에 겨우 지금의 모습이 되었습니다. 이제는 어떤 사람에게도 젓가락질을 못 한다는 소리를 듣지 않고, 또 아주 능수능란하게 하고 있습니다.

사실 그때 어른들 앞에서 젓가락질하는 것은 커다란 스트레스였습니다. 그래서 어른 앞에서 식사하는 것은 늘 어려웠고, 일부러 그런 자리를 피하기도 했습니다.

성인이 되어 왜 젓가락질을 그렇게 해야 하지라는 의문이 들었습니다. 물론 젓가락질을 가장 편하게 할 방법이긴 하지만, 다르게 한다고 해서 왜 예의에 어긋나는 것이 될까요?

젓가락 예절이 먼 옛날부터 전해져 내려온 것으로 생각하지만, 조선 시대의 민속화에 나타난 젓가락질은 지금과 달리 X자 모습이었습니다. 지금처럼 V자 모양으로 젓가락 예법이 도입된 것은 일제 강점기의 일본에 의한 것이라고 하더군요. 어떻게 젓가락질하더라도 예절에 어긋날 것이 전혀 아니었습니다.

다른 것을 틀렸다고 말하는 경우가 너무나 많습니다. 여기에 예절이라는 이름을 붙이기도 하고, 다른 사람도 이렇게 한다는 보편성을 내세우기도 합니다. 그러나 다른 것이 틀린 것은 전혀 아닙니다.

행복은 삶의 습관에

시간이 자기도 모르는 사이에 한 사람의 얼굴을 바꿔놓듯이
습관은 인생의 얼굴을 점차적으로 바꿔놓는다.

버지니아 울프 _20세기 영미 모더니즘 문학의 대표 작가

좋은 삶을 사는 사람은 어떤 사람일까요? 이때 사람들은 '행복'을 떠올립니다. 행복한 사람이 좋은 삶을 사는 사람이라는 것입니다. 그런데 우리는 정말 '행복'을 찾아 나서고 있는 것일까요. 행복보다 성공을 좇고 있는 것은 아닐까요?

사실 행복은 먼 곳에 있지 않습니다. 사소한 일상 안에서 의미를 찾는 사람이 바로 행복한 사람입니다. 그러나 돈과 물질, 지위와 명예 등 세상의 성공 기준을 행복의 기준으로 삼다 보면 자신은 행복하지 않다고 말합니다. 이들은 행복이 아니라 성공만을 좇기 때문입니다.

편안한 쉼의 시간을 가지면서 불안해하는 사람이 있습니다. '열심히 일하지 않는다'라는 생각에, 남에게 뒤처지지 않을까, 시간 낭

비를 하는 것이 아닐까 하는 불안입니다. 이 역시 행복이 아닌, 세상에서 바라보는 성공을 좇기 때문입니다.

세계의 유수 대학들에서 '행복학' 강좌를 개설하고 있고, 많은 학생이 수강해서 듣는다고 합니다. 그런데 세계 곳곳에서 이루어지는 행복에 관한 연구를 정리해보면, 행복의 비결은 다음 두 가지로 요약이 됩니다.

첫째, 행복은 우연히 얻는 행운이 아니라 훈련과 습관으로 얻을 수 있는 삶의 태도라는 것입니다. 운동하기, TV 안 보기, 감사 편지 쓰기 등, 자신의 생활 습관을 바꿔서 행복해졌다고 말하는 사람이 얼마나 많은지 모릅니다. 그래서 영국 BBC 방송에서 행복 실험을 통해 '연습할수록 느는 것, 행복은 삶의 습관'이라고 정의했습니다.

둘째, 행복은 삶에서 만나는 고통에 어떻게 대응하는가에 달려 있습니다. 즐거움만을 추구할 때 오는 것이 아니라, 오히려 고통스러운 것을 피하지 않고 제대로 받아들일 때 온다는 것입니다.

결국, 행복은 사람의 훈련과 성장의 결과로 누리는 것이지, 뜻밖의 행운으로 얻을 수 있는 것이 아니라는 것을 알 수 있습니다. 행복을 찾아서 나의 것으로 만들어야 합니다. 이를 위해 매 순간 의미를 찾을 수 있도록 노력해야 합니다. 분명히 좋은 삶을 사는 사람이 될 수 있습니다. 행복을 얻기 위해 당신은 어떤 노력을 하며 성장하고 계십니까?

유혹이 너무 많은 세상

우리가 이겨낸 유혹의 기억보다
더 만족스러운 기억은 없다.
제임스 브랜치 캐벌 _미국의 소설가

마시멜로 실험이란 게 있습니다. 네 살 아이의 자제력을 알아보는 실험으로 널리 알려진 실험입니다. 작은 마시멜로를 하나씩 준 뒤에 15분간 받은 마시멜로를 먹지 않고 기다리면 마시멜로 2개를 얻게 될 것이라고 설명했습니다. 그런데 75퍼센트의 아이들이 유혹을 뿌리치지 못하고 하나뿐인 마시멜로를 먹어 치운 것입니다. 실험은 여기서 멈추지 않고 자제력이 있는 아이와 그렇지 않은 아이가 성장한 후의 모습을 조사합니다. 그 결과 자제력 있는 아이가 커서 뛰어난 재능을 발휘하고 있었습니다.

그런데 이런 실험도 있었습니다. 어떤 아이에게는 마시멜로를 보여줬고 어떤 아이에게는 보여주지 않은 것입니다. 시나리오는 똑같았습니다. 마시멜로를 보지 않은 아이는 평균 10분을 기다릴 수 있었고, 보았던 아이는 평균 6분을 기다렸습니다.

아이들은 유혹에 약합니다. 아주 간단하고 사소한 유혹 앞에서도 자제력을 발휘하지 못합니다. 삶에 대한 데이터가 현격히 부족하기 때문일 것입니다. 그러나 유혹 앞에서 자제력을 잃는 게 비단 어린아이들만의 일일까요?

마트에 가면 '1+1'이라는 광고 문구가 붙어 있는 것을 쉽게 볼 수 있습니다. 그러면 괜히 관심이 갑니다. 예전에는 마트에 가게 되면 별다른 의심 없이 '1+1' 상품을 장바구니에 담곤 했습니다. 하나 가격으로 또 하나를 얻을 수 있으니 얼마나 이득입니까? 그러나 시간이 지나고 나면서 실제로 이득이 되지 않았음을 깨닫게 되었습니다. 그 이유는 다음과 같습니다.

첫째, 물건이 별로 좋지 않습니다.

둘째, 1+1 모두 사용할 정도로 쓰지 않습니다.

셋째, 귀하게 여기지 않습니다.

결국, 약간 비싸더라도 조금씩 사는 것이 훨씬 더 이득입니다. 그런데도 세상의 유혹에 계속 넘어가는 우리입니다. 세상의 유혹은 순간의 만족과 이득에 주목하게 합니다. 그러나 조금 더 멀리 바라볼 수 있어야 합니다.

탈무드에 나오는 한 가지 이야기입니다.

어떤 사람이 상점에서 외투 한 벌을 샀습니다. 집에 돌아와서 다시 입어보며 주머니에 손을 넣었는데, 주머니 안에 값비싼 보석이 들어있는 것입니다. 순간, 이 사람의 마음이 복잡해졌습니다.

'내가 산 옷에 들어있는 보석이니 가져도 되지'라는 마음과 '내 물건이 아니니 빨리 주인을 찾아 주어야 한다'라는 마음이 서로 치열하게 다투게 되었습니다. 이런 마음의 갈등을 안고서 현자를 찾아가 물었습니다. 그러자 현자는 이렇게 말했습니다.

"당신이 산 것은 외투이지, 보석이 아니지 않습니까?"

자신이 산 것은 외투일 뿐 보석이 아닌데도, 자기 손에 들어온 보석에 대한 유혹을 떨치는 게 쉽지 않았던 것입니다. 어쩌면 우리 모두의 마음이 이렇지 않을까요?

예전에 가짜 휘발유 문제가 크게 불거졌던 적이 있습니다. 기름값이 천정부지로 오르는 것을 기회로 삼아 큰 이익을 얻기 위해 사기 행각을 벌인 일당이 있었던 것입니다. 그렇다면 이 가짜 휘발유에 가장 많이 들어간 주성분은 무엇일까요? 답은 진짜 휘발유입니다. 100퍼센트 가짜 성분으로 진짜 휘발유인양할 수는 없기 때문입니다.

거짓말에 대해 생각해 봅니다. 거짓말을 많이 하는 사람은 어떨까요? 100퍼센트 거짓말을 할까요? 아닙니다. 90퍼센트의 진실에 10퍼센트의 거짓말만 섞여도 큰 거짓말이 된다고 합니다. 90퍼센트의 진실을 말한다고 해서 진실한 사람이라고 할 수 없는 것입니다.

이 세상 도처에 악이 스며들어 있습니다. 이 악은 100퍼센트의 악으로 사람에게 다가올까요? 아닙니다. 10퍼센트의 악과 90퍼센트의 선을 가지고 다가옵니다. 따라서 조금의 악도 가까이해서는 안 되는 것입니다. '좋은 것이 좋은 것이다'라면서 많은 선을 위해서라고 말한다면, 더욱더 악의 유혹에 쉽게 넘어가게 될 것입니다.

유혹은 이렇게 진실인 양 위장된 모습으로 다가옵니다. 악을 피하고 선을 행하는 것은 많은 선을 위해 약간의 악을 행해도 된다는 말이 아닙니다. 약간의 악은 사람을 속이기 위한 미끼입니다. 그걸 무는 순간 악은 열 배 스무 배로 몸집을 불리게 되어 있습니다.

싼 게 비지떡

누구도 자신이 받은 것으로 인해 존경받지 않는다.
존경은 자신이 베푼 것에 대한 보답이다.
캘빈 쿨리지 _미국의 30대 대통령

'삽질하다'라는 말이 있습니다. 삽으로 땅을 파거나 흙을 떠내는 것을 '삽질하다'라고 말하지만, 아마 다른 의미로 더 많이 사용하고 있다는 것을 아실 것입니다. 헛된 일을 한다는 의미로, 별 성과가 없이 삽으로 땅만 힘들게 팠다는 데서 유래하는 것입니다.

두 번째 의미인 헛된 일을 의미하는 삽질을 참 많이 하는 우리가 아닐까요? 저 역시 삽질을 참 많이 했습니다. 야구선수가 되겠다고 야구부에 들어갔던 적이 있고, 기타리스트가 되어 보겠다고 방학 내내 기타만 쳤던 기억이 있습니다. 컴퓨터 프로그래머, 바리스타 등등 새로운 것을 배우려고 노력했지만, 어느 것 하나 제대로 하지 못합니다. 새로운 것에 쏟아부은 돈과 노력을 생각하면 삽질이 분명해 보입니다. 그러나 정말로 삽질로 끝난 것일까요?

별 성과가 없는 것 같지만 분명히 즐거웠습니다. 그리고 이 새로운 일에 몰두하면서 재미난 인생을 만들기도 했습니다. 이런 경험을 통해 각 분야에 대한 지식을 갖추게 된 것도 내 삶에 또 다른 의미가 되었습니다.

생각해보면 어떤 일도 의미 없는 삽질은 없습니다. 실패에도 큰 의미가 있는 것처럼 의미를 찾아가는 과정 안에서 소중한 삶을 만들어가는 것입니다. 씨앗 하나가 땅에 떨어져 죽으면 땅에서 새 생명으로 싹이 터, 본디 그것을 낳은 식물의 본성을 드러낸다는 비유를 떠올리게 합니다.

'싼 게 비지떡'이라는 말도 있습니다. 적은 비용을 치르면 하찮은 물건을 얻게 됨을 이르는 말입니다. 어지간히 배가 고프기 전에는 입에 대지 않을 음식이 비지떡이지요. 물론 먹을 게 귀했던 예전에는 그렇지만은 않았겠지만요. 그런데 이 말에 깊은 의미가 담겨 있다는 것을 알게 되었습니다.

충청도에 박달재라는 곳이 있습니다. 이곳은 지방에서 한양으로 갈 때 반드시 지나야 하는 교통의 요지였습니다. 바로 이 요지에 주막이 하나 있었는데, 이 주막의 주모는 특별히 과거를 보러 가는 선비에게 보자기에 싼 무엇인가를 주었다고 합니다. 이 보자기를 받은 선비는 이렇게 물었지요.

"싼 게 무엇이오?"

바로 그때 주모는 이렇게 말했다고 합니다.

"싼 것은 비지떡입니다. 가다가 배가 출출할 때 드시지요."

배려와 정이 묻어나는 이야기입니다. 단순히 값이 싼 하찮은 물건을 가리키는 것이 아니라, 배려와 나눔의 정을 생각할 수 있게 합니다.

이 의미를 알고 나니 마음이 따뜻해집니다. 그러면서 다시금 깨닫습니다. 비지떡이 하찮은 음식이라도 그것을 나눌 때 귀한 음식이 된다는 것을, 공연한 삽질에도 다 나름의 의미가 담겨 있다는 걸, 그래서 작고 사소한 것들이 가져다주는 의미들을 깨닫기 위해 노력하는 삶을 살아야 한다는 걸 말입니다.

어디로 가고 있나요

교육이 한 인간을 양성하기 시작할 때의 방향이
훗날 그의 삶을 경정할 것이다.
플라톤 _고대 그리스 철학자

예루살렘으로 걸어서 성지순례를 하고 있었던 한 순례자가 길에서 마차를 만났습니다. 오랜 순례로 인해 다리가 너무 아팠던 그는 마부에게 태워 달라고 정중히 부탁했습니다. 마부는 흔쾌히 허락하면서 마차에 태웠습니다. 얼른 마차에 탄 나그네는 마부에게 물었습니다.

"여기서 예루살렘까지 멉니까?"

"그렇게 멀지 않습니다. 이 말의 속도라면 30분 정도 걸릴 겁니다."

순례자는 금방 목적지에 도착하겠다고 생각하다가 피곤함에 그만 잠이 들었습니다. 마차의 덜컹거림에 놀라서 깬 순례자는 주위를 둘러보았습니다. 30분 정도 온 것 같은데, 예루살렘 근처에도 오지 않은 것 같았습니다. 그래서 물었습니다.

"예루살렘에 다 왔나요?"

"예루살렘은 여기서 1시간 거리입니다."

"아니! 아까 30분 거리라고 했고, 30분이 지났잖아요?"

그러자 마부가 말합니다.

"이 마차는 예루살렘 반대로 가는 마차입니다."

단순한 이야기입니다만, 내가 지금 가고 있는 방향이 옳은 걸까 하고 점검을 하게 만듭니다. 혹 정반대로 가고 있으면서 태연자약하고 있다면 낭패도 이런 낭패가 없을 겁니다.

두 마리 늑대의 이야기가 있습니다.

멀고 먼 옛날, 어느 나라에 '흑백방리'라는 마을이 있었습니다. 마을 사람들은 마음속에 두 마리의 늑대를 키우며 살았지요. 하얀 늑대는 이해와 용서를 먹고 자랐고, 검은 늑대는 질투와 분노를 먹잇감으로 삼았습니다.

늑대들은 새끼들일 때에는 그럭저럭 잘 지냈으나 몸집이 커지면서 사이가 틀어지기 시작했습니다. 사람의 마음을 독차지하기 위해 검은 늑대가 하얀 늑대를 공격하는 일이 잦아졌습니다. 하얀 늑대의 반격도 만만치 않았습니다.

결국, 싸움은 어느 한쪽이 죽어야만 끝이 나곤 했습니다. 어느 쪽이 이겼을까요?

답은 더 많은 먹이를 먹고 자란 늑대였습니다.

우리 마음에도 이 두 마리의 늑대가 살고 있다면, 우리 마음의 힘센 늑대는 어떤 늑대입니까?

혹 검은 늑대에게 잔뜩 밥을 먹이고 있는 건 아닐까요? 만약에 그런 줄도 모르고 검은 늑대의 배만 불리고 있다면 우리는 실패한 인생입니다. 실패도 이런 실패가 없을 겁니다.

3

세상에서
가장
잘난 사람

실패가 두렵다면

한 번도 실패하지 않았다는 건
새로운 일을 전혀 시도하고 있지 않다는 신호다.

우디 앨런 _미국의 코미디 작가이자 영화감독

2004년 아테네 올림픽에서 미국의 사격선수 매슈 에먼스는 몸 상태가 너무나 좋았습니다. 그래서 하나의 금메달을 먼저 획득한 후 2관왕을 노리며 또 다른 종목의 남자 소총 경기에 출전했습니다. 이 경기에서도 그는 우수한 성적을 내면서 다른 선수를 큰 점수로 앞서나가고 있었습니다. 이제 마지막 한 발이 남았습니다. 그 어떤 사람도 에먼스의 금메달을 의심하지 않았지요. 큰 실수만 하지 않아도 금메달은 확실했으니까요.

드디어 마지막 한 발을 쐈습니다. 그런데 화면에 '0'점이 표시되는 것이 아닙니까? 분명히 맞춘 과녁은 10점이었지만, 그가 맞춘 과녁은 자신의 것이 아니라 옆 선수의 과녁이었습니다. 결국, 그는 이 종목에서 금메달을 따지 못했습니다. 크게 낙담한 것은 당연했지요. 하지만 이로 인해 그는 평생의 반려자를 얻을 수 있었다고 합니다. 당시 경기 해설을 진행하던 여자 사격선수 카테리나 쿠르코바가 찾아가 위로해주다 사랑하는 관계로 발전했던 것입니다.

또 다른 예입니다. 스펜서 실버라는 연구원이 강력 접착제를 개발하고 있었습니다. 기존의 접착제에서 보이는 끈적거림을 없애줄 획기적인 강력 접착제를 생각했던 것이지요. 하지만 끈적거림을 없애기가 그렇게 쉽지 않았습니다. 계속된 실패로 점점 의욕을 잃어가고 있을 때, 드디어 끈적거림을 없앨 수 있었습니다. 그러나 곧바로 이 역시 실패였음을 인정할 수밖에 없었습니다. 끈적임은 없었지만, 접착력이 너무나 약했기 때문입니다.

거듭되는 실패에 그는 포기하려고 했습니다. 그런데 오랫동안 그의 옆에서 함께했던 동료가 이렇게 말하는 것입니다.

"꽂아둔 책갈피가 자꾸 떨어져 불편했는데, 이 접착제로 책갈피를 만들면 어떨까?"

이 접착제로 만든 책갈피가 무엇일까요? 세계적으로 수많은 사람이 사용하는 '포스트잇'입니다. 실패가 오히려 성공을 가져온 경우입니다. 만약 스펜서 실버가 끈적이지 않고 동시에 접착력도 강한 접착제를 만드는 데 성공했다면 어떠했을까요? 오늘날 사람들이 유용하게 사용하는 포스트잇은 존재하지 못했을 것입니다. 그런데 실패가 오히려 사람들의 사랑을 끌어내는 성공을 가져왔습니다.

우리는 삶 안에서 매번 실수와 실패를 반복하면서 살고 있습니다. 자신의 목표가 아니라 남의 목표를 좇다가 절망에 빠질 때도 참으로 많습니다. 그렇다고 해서 모든 것이 끝난 것은 아닙니다. 다른 각도에서 바라보고 한 번 더 숙고한다면 실수와 실패가 성공으로 가는 길을 알려줄 수도 있지 않을까요?

머리보다 가슴

결심의 진정성은 새로운 행동으로 측정된다.
행동이 없다면 진정으로 결심하지 않았다는 뜻이다.

토니 로빈스 _미국의 작가이자 동기부여 전문가

"머리가 좋다고 해서 다가 아니다. 가장 중요한 건 그걸 제대로 사용하는 것이다. 머리가 아주 좋으면 최고의 선뿐 아니라 최고의 악을 실현할 수도 있다. 천천히 앞으로 나아가는 사람은 옳은 길로만 간다면, 너무 서두르다가 길을 잃는 사람보다 더 멀리 갈 수가 있다."

이 말은 위대한 근대 철학자 르네 데카르트의 말입니다. 사실 우리는 머리가 좋아야 올바른 판단도 할 수 있을 것으로 생각합니다. 그러나 실제로는 오히려 지능을 악에 사용하는 경우가 더 많습니다. 많은 사람을 고통 속으로 이끌었던 독재자들을 떠올려 보십시오. 역사 속에서 온갖 악행을 저질렀던 사람들 역시 지능이 뛰어났던 사람들이었습니다.

사람들에게 희망과 좋은 모범을 보여줬던 인물은 지능에 상관이 없었습니다. 그저 자신의 자리에서 천천히 묵묵히 앞으로 나아가면서 '선'을 실천하는 사람이었습니다. 그래서 머리 좋은 것을 부러워할 것이 아니라, 꾸준히 '선'을 실천하며 앞으로 나아가는 사람을 부러워해야 합니다. 그런데도 세상 사람은 머리 좋은 것이 커다란 복을 받은 것처럼 착각합니다.

만약 누군가가 여러분에게 '머리가 너무 좋으신 것 같아요'라고 말하면 칭찬일까요? 악담일까요? 머리가 좋아서 악으로 기울어진 사람이 많다는 것을 기억하면, 이 말을 악담으로 받아들일 수도 있을 것 같습니다. 그러나 열이면 열 모두가 악담이 아닌 칭찬으로 생각합니다. 사람들은 여전히 머리가 좋아야 좋은 대학에 들어가고 그것이야말로 행복의 지름길인 양 여깁니다. 물론 좋은 대학이 직업을 선택하는 데 큰 도움이 될 수 있습니다. 그러나 자기 삶을 행복과 성공으로 이끄는 유일한 길이라고는 말할 수 없을 것입니다.

개인의 지능이나 재능을 폄훼할 이유는 없습니다. 그것만이 살길인 양 여기는 사회 풍조가 문제입니다. 말을 깨우치는 순간부터 아이의 재능을 키우기 위해 몰아붙이는 어른들의 우매함이 문제인 것입니다. 그러나 얼마나 재능을 가지고 있는가는 무엇을 선택하는가보다 중요하지 않습니다. 잘못된 선택은 뛰어난 머리를 악행에 사용할 수도 있기 때문이지요. 여기서 아마존 최고 경영자 제프 베이조스의 말을 기억할 필요가 있습니다. 그는 이렇게 말합니다.

"인생은 결국 재능보다 선택으로 좌우됩니다. 잘 생각해보세요.

'내가 이렇게 똑똑하다'가 자랑이 될까요? '내가 이렇게 좋은 선택을 했다'가 자랑이 될까요?"

사람들에게 자랑할 수 있었던 것은 늘 나의 선택이었습니다. 재능이 있고 없고는 선택을 위해 필요한 것일 뿐이었습니다. 따라서 어떤 선택을 해야 하는지를 늘 염두에 두어야 합니다. 후회하지 않을 선택, 남에게 자랑할 수 있는 선택에 집중할 수 있어야 합니다.

'중요한 건 속도가 아니라 방향'이라는 말 또한 재능보다 선택이 중요함을 일깨웁니다. 그 방향을 결정하는 게 선택일 테니까요. 방향이 올바르지 않으면 빨기 가더라도 언젠가는 가던 길을 되돌아와야 합니다. 올바른 방향을 선택할 줄 아는 지혜, 그것이 재능보다 우월하다는 말일 것입니다. 올바른 선택은 나의 기준이 바르게 서야 가능한 일이겠지요.

예전에 만났던 한 청년이 생각납니다. 그는 우리나라 최고 명문대에 들어갔습니다. 그러나 자신이 원하는 학과에는 성적이 조금 부족해서 점수에 맞춰 전혀 관심 없는 학과에 들어간 것입니다. 여기에는 부모의 강요가 있었지요. 학교가 중요하다면서, 이 학교를 나와야 성공할 수 있다면서 말이지요. 이 청년은 몇 년 뒤에 다른 학교 그리고 자신이 원하는 학과로 옮겼습니다. 부모님의 반대가 있었지만 행복하지 않은 선택에 계속 머물 수 없었기 때문이었습니다.

현재 그 청년은 자신의 일 안에서 기쁘게 생활하고 있습니다. 남들의 섬김을 받는 자리는 아니지만 소소한 행복에 크게 만족하면서 살고 있습니다. 만약 부모의 강요에 따라 살게 되었다면 아마 평생 부모를 원망하지 않을까요? 행복하지 않다고 생각하는 길에서 벗어나지 못했다면 이 역시 후회의 이유가 되지 않을까요?

지능과 학력은 자신의 꿈을 이루는 도구로 생각해야 합니다. 그러나 세상 사람들이 부러워할 성공의 도구로 생각하게 될 때 잘못된 길로 갈 수밖에 없습니다.

런던정치경제대학 학장인 미노체 샤피크(Minouche Shafik)가 말합니다.

"과거의 직업이 근육과 관계가 있었다면 요즘의 직업은 두뇌와 연관되어 있다. 미래의 직업은 심장과 관련 있을 것이다."

커다란 공감을 하게 되는 말입니다. 옛날에는 땀 흘려 일하는 노동이 대다수였고, 지금은 그 노동의 몫을 기계가 담당하고 있기에 두뇌와 연관된 직업이 많은 수를 차지합니다. 그리고 미래에는 사람의 마음을 움직이는 직업이 그 자리를 대체할 게 분명합니다. 머리로 하는 일보다 가슴으로 하는 일이 중요해진다는 것입니다. 이는 사람의 일 가운데 대부분이 사라져도 사랑만은 남는다는 의미가 아닐까요?

먼저 자유로울 것

자유가 자신의 속박을 잃을 때는,
그 자체가 더 큰 자유의 속박이 된다.

칼릴 지브란 _레바논의 철학자, 화가, 소설가, 시인

어렸을 때 읽었던 동화책을 떠올려 보십시오. 그 결말은 어떠했습니까? 대부분 결말은 결혼해서 행복하게 살았다는 것이었습니다. 결혼 이후의 행복이 어떤 것인지는 말해주지 않습니다. 어쩌면 결혼하는 순간의 행복이 가장 크기 때문은 아닐까요? 아무리 왕자와 공주의 결혼이라도 그 후에 부부싸움도 하고 또 어려움도 겪으면서 힘든 시간을 보낼 테니 말입니다.

행복의 크기는 결국 같아진다는 글을 읽은 적이 있습니다. 로또로 벼락부자가 된 사람의 행복감도 얼마 지나면 일반인과 같아지고, 누구나 부러워할 결혼에 성공한 사람도 길어야 2년 지나면 다른 사람과 별반 다르지 않은 생활을 하게 됩니다. 교통사고로 반신불수가 된 사람도 시간이 지나면 건강한 사람과 다르지 않은 정도의 행복을 느끼게 됩니다.

결국, 나만의 행복 크기를 키워나가는 것이 중요합니다. 문제는 나의 과거와 비교하면서 내 행복을 키워야 하는데, 나보다 나은 다른 사람의 현재를 지금의 나와 비교하면서 내 행복의 크기를 줄여나가고 있다는 것입니다.

행복하기를 바라는 것은 모든 이의 희망입니다. 그렇다면 나만의 행복을 찾아야 합니다. 다른 이와의 비교에서 행복을 찾는 것이 아니라, 스스로 만족할 수 있는 것이 무엇인지를 발견해야 하는 것입니다.

자신이 먼저 행복해야 남에게도 행복을 줄 수 있다는 말이 있습니다. 그렇다면 자신을 행복하게 하는 방법을 어디에서 찾아야 할까요? 제 생각에는 어디에도 구속됨 없는 자유로움이 아닐까 싶습니다. 세상의 물질적인 것들에 대한 자유로움, 사람들과의 관계에서의 자유로움, 더 나아가 내 욕심과 이기심에서 자유로워야 행복해질 수 있고 남에게도 행복을 주는 사람이 될 수 있습니다.

어떤 사람이 꽁꽁 묶여서 꼼짝도 할 수 없는 상태입니다. 이때 누가 이 사람을 풀어줄 수 있을까요? 이 사람처럼 꽁꽁 묶여 있는 사람이 풀어줄 수 있을까요? 당연히 아닙니다. 묶여 있지 않은 사람만이 상대방의 밧줄을 풀어줄 수 있습니다. 자유로움이 남을 도울 수 있다는 것입니다.

세상일과 욕망에 묶여 있는 자는 다른 묶여 있는 자를 풀어줄 수 없다는 것을 잊지 말았으면 합니다. 먼저 내가 풀어야지만 남에게도 도움을 줄 수 있습니다. 따라서 먼저 자유로운 사람이 되어야 합니다. 그것이 행복으로 가는 첫걸음입니다.

미래가 불안한가요

당신이 할 수 있는 가장 큰 모험은
당신이 꿈꾸는 삶을 사는 것이다.

오프라 윈프리 _미국의 여성 방송인

2017년 서울대의 유기윤 교수팀은 충격적인 보고서를 발표했습니다.

2090년의 한국 사회는 인공지능 로봇이 직업 대부분을 대체한 결과 한국인의 99.997퍼센트가 '프레카리아트'가 된다는 발표였습니다. 프레카리아트는 '불안정한'이라는 뜻의 이탈리아어 '프레카리오'와 노동계급을 뜻하는 독일어 '프롤레타리아트'의 합성어로 다음과 같은 특징을 갖는다고 합니다.

첫째, 꿈과 열정이 없다.

둘째, 내가 하는 일의 가치를 깨닫지 못한다.

셋째, 먹고 사는 문제로 평생 고통받는다.

현재 이렇게 살아가는 사람 중의 대부분은 노숙인, 난민, 불법체

류 외국인 노동자 등이 아닐까 싶습니다. 그렇다면 2090년 우리나라 국민의 99.997퍼센트가 프레카리아트, 즉 난민 수준의 삶을 살게 된다는 예측은 큰 충격이 아닐 수가 없습니다. 2090년이면 아직 많이 남았으니, 그때면 나는 세상에 존재하지 않을 테니 나와는 상관없는 문제라고 할 수도 있습니다. 물론 하루아침에 그렇게 되지도 않을 겁니다. 이런 양상이 언제부터 가속화되냐면, 2030년부터 우리가 피부로 느낄 정도가 될 것이라고 합니다.

알파고와 이세돌의 바둑 대결 이후로 인공지능에 대해 관심이 커졌습니다. 인간은 150이면 지능이 매우 높은 편에 해당합니다. 수재 소리를 듣게 되지요. 하지만 인공지능의 IQ가 150이면 '너무 지능이 낮다'라고 말한답니다. 저능아 축에도 들지 못하는 바보입니다. 왜냐면, 현재 인공지능의 IQ는 1만이거든요. 85~115 사이의 IQ를 갖고있는 인간이 자신들의 기준으로 인공지능의 IQ를 수치화한다는 것 자체가 말도 안 되는 일인지도 모릅니다.

지적인 측면에서 인간이 인공지능을 뛰어넘는다는 것은 불가능한 일입니다. 그래서 많은 선진국에서는 인공지능의 발달로 주입식 교육은 이제 아무런 의미가 없다고 말합니다. 휴대전화가 보편화하기 전에 사람들은 열심히 전화번호를 외웠고, 아니면 수첩에 꼼꼼하게 적었습니다. 그러나 지금은 자기 번호도 기억하지 못하는 사람이 많습니다. 가족이나 친구의 전화번호는 말할 것도 없겠지요.

노래방이 등장하기 전에는 사람들 앞에서 자신 있게 외워 부를 노래가 두세 곡은 있었습니다. 그러나 지금은 가사를 외우는 사람이 거의 없습니다. 스마트폰과 노래방이 준 변화입니다.

인공지능의 발달로 인한 우리 삶의 변화는 곳곳에서 나타나고 있습니다. 거부할 수도, 외면할 수도 없는 변화입니다. 그건 세상을 등진다는 것과 다를 바 없습니다. 그러니 좋든 싫든 인공지능을 인정할 수밖에 없겠지요. 그렇다면 우리는 인공지능이 절대로 가질 수 없는 능력을 키우기 위한 노력을 해야 할 것입니다. 하지만 우리의 현실은 어떻습니까? 뭐, 어떻게든 살아지겠지 하는 체념과 누군가 해결책을 내놓겠지 하는 수동적 태도가 일반적이지 않을까 합니다.

불안한 미래를 바라보며 사는 우리입니다. 그렇다면 지금 무엇을 해야 할까요? 인공지능에 대체되지 않는 '나'를 만들어야 합니다. 사랑과 배려와 공감 능력…. 이건 인공지능에는 없는 능력입니다. 우리가 '인간적'이라 말하는 것들이지요. 인간의 고유한 힘과 품격을 지켜내는 것과 더불어 시대의 변화에 맞춰서 '나' 역시도 변화시켜가는 데 최선을 다해야 합니다. 참, 노력해야 할 것들이 너무 많은 세상입니다.

세상에서 가장 잘난 사람

당신의 운명이 결정되는 것은 결심하는 그 순간이다.

앤서니 라빈스 _미국의 변화심리학 권위자

어느 날 사고가 나서 한쪽 눈을 못 보게 된 사람이 있습니다. 그리고 어떤 사람은 앞을 전혀 볼 수 없었는데 각막 기증자가 나타나서 한쪽 눈으로 세상을 보게 되었습니다.

똑같이 한쪽 눈으로만 세상을 바라보지만, 누구는 불행하다고 말하고 누구는 행복하다고 말합니다. 결국, 행복과 불행은 다른 사람이나 다른 조건이 만드는 것이 아니라, 바로 나 자신이 만드는 것이 아닐까요? 그러나 행복을 만드는 '나'를 보지 못하고 남 탓, 환경 탓, 나라 탓을 하면서 행복하지 못한 '나'를 만들고 있습니다.

이 '나'는 누가 통제를 할 수가 있을까요? 당연히 '나'밖에 없습니다. 그래서 나의 행복도 내가 만들어 갈 수 있습니다. 남 탓, 환경 탓, 나라 탓 등 외부에서 그 이유를 찾다가는 화만 나고 절망 속에서 헤맬 수밖에 없습니다. 나에게 어떤 의미인지, 내가 어떤 마음을 가져야 하는지, 내가 어떤 행동을 해야 할지를 따져봐야 할 것입니다. 외적인 조건들을 모두 버려야 합니다. 그래야 남들이 이해할 수 없는 상황에서도 나만의 행복을 만들 수 있습니다.

세상에서 가장 잘난 사람은 또 누구일까요? 바로 '나'입니다. 그래서 많은 판단을 다른 사람을 향해 쏟아내고 있는 것입니다. '내가 옳다. 너는 틀렸다'라는 생각으로 상대를 무시하고 때로는 상대를 향해 화를 내는 것입니다. 그만큼 세상에서 가장 잘난 '나'를 우리 각자는 가지고 있습니다.

그러나 실제로는 어떻습니까? 완벽한 모습은 고사하고 끊임없이 크고 작은 실수를 반복하며 살고 있습니다. 그렇게 잘난 것도 아니면서, 어쩌면 지지리도 못났으면서 그냥 '제 잘난 맛'에 취해 살고 있는 것은 아닐까요? 물론 자기 자신을 비하하며 살라는 이야기가 아닙니다. 자신감을 놓아 버리고 수동적으로 살라는 것도 아닙니다. 그보다 내가 잘난 '나'인 것처럼, 남들 또한 자기 관점에서는 모두 '잘난' 나라는 것을 인정해주어야 한다는 것입니다.

이것이 겸손입니다. '나는 아무것도 못 한다'라고 말하면서 뒤로만 물러서는 것이 겸손은 절대 아닙니다. 내가 나에게 소중하듯, 남 역시 자신에게 소중함을 인정하도록 합시다. 이것이 함께 살아가는 지혜로운 방법이며, 나를 더욱더 건강하게 살 수 있게 하는 길입니다.

너무 늦은 나이란 없다

가치 있는 목표를 향한 움직임을 개시하는 순간,
당신의 성공은 시작된다.

찰스 칼슨 _미국의 투자 전문가

"사람은 왜 이렇게 빨리 늙을까?"라고 말하는 어느 작가의 글을 본 적이 있습니다. 이 작가는 100세 인생이니까 이렇게 되었으면 좋겠다고 말합니다.

"한 60세까지는 20대 초반의 체력과 외모를 유지하며 신나게 놀다가, 80세까지는 지금 모습 그대로 열심히 일하면서 세계 각지로 여행도 다니고, 그러다가 80대 즈음에야 슬슬 늙어가며 여생을 보내면 좋을 텐데…. 100세 인생인데 젊은 날이 너무 짧다."

공감이 갑니다. 젊었을 때는 빨리 어른이 되었으면 했지만, 금세 어른이 되어 늙어간다고 생각하게 됩니다. 노안이 오고, 뜀박질도 못 하겠고, 어디 가는 것이 귀찮다는 생각이 많아지는 것을 보니 이제 젊은이라고는 못할 것만 같습니다.

그래도 지금이 가장 빠를 때라는 말을 기억하면서, 남아 있는 날의 가장 젊은 순간을 사는 지금을 더 충실하게 보내야 하지 않을까요?

젊었을 때 열심히 일한 뒤, 77세에 은퇴하여 조용한 삶을 보내고 있었던 노인이 있었습니다. 은퇴 후의 삶은 무료하기 그지없었습니다. 그러던 중 미술을 10주간 배우게 되었습니다. 그리고 81세에 본격적으로 그림을 그립니다. 그가 바로 미국의 샤갈이라 불리는 해리 리버만(Harry Lieberman)입니다. 그는 101세에 22번째 개인전을 열었고 103세에 세상을 떠났습니다.

80세가 넘으면 아무것도 하지 못할 것으로 생각하지요. 뭔가를 시작하기에는 너무 늦었다고 할 수도 있는 나이입니다. 그러나 이렇게 아무것도 않고 있다가, 2~30년을 지나고 나서는 어떨까요? 아무것도 하지 못했음에 너무 억울할 것입니다.

우리는 하지 못할 장애를 찾는 데 더 큰 노력을 기울입니다. 그러나 역사에 이름을 남겼던 사람은 모든 것이 완벽하게 주어졌을 때가 아닌, 불가능해 보이는 상황에서도 포기하지 않고 실천하는 사람이었습니다.

진정한 성공은 성공을 위해 끝까지 시도하는 용감한 사람의 몫입니다.

제비꽃 선물

세상에서 가장 중요한 것은
내가 진정 나다워질 수 있는 방법을 아는 일이다.
몽테뉴 _16세기 프랑스의 철학자, 법관, 작가

자기 자신에 대한 자존감이 너무 낮은 한 여성이 있었습니다. 온통 자신의 인생이 실패했다는 생각뿐이었습니다. 그 누구도 자신을 사랑하지 않고 자기에게 말을 거는 것조차 싫어한다며 자신을 부정하며 살았습니다. 그래서 일주일에 한 번 교회에 갈 때 빼고는 거의 밖으로 나가지 않았습니다.

이런 자기 모습이 너무 괴로워서 정신과 의사를 찾아갔습니다. 이 의사는 그러면 집에서 하는 것이 무엇인지 물었고, 그녀는 제비꽃을 키우는 아무짝에도 쓸모없는 시시한 취미 외에는 아무것도 할 수 없다고 대답했습니다.

의사의 처방은 조금 이상했습니다. 교회에서 특별한 행사가 있을 때마다 사람들에게 자신이 키운 제비꽃을 선물하라는 것이었습니다. 그리고 이 방법을 따르면서, 실제로 자존감을 회복할 수가 있었답니다. 제비꽃을 선물 받은 사람의 기뻐하는 모습을 볼 수 있었기 때문입니다. 아무짝에도 쓸모없는 시시한 취미라는 본인의 생각에 의미를 부여할 수 있었기 때문입니다.

자존감은 의미를 찾아 나감에 따라 회복될 수 있습니다. 의미를 찾아 나가면서 '나'라는 굴레를 열고 세상으로 힘차게 나갈 수 있습니다.

참고로 자존감 높은 사람은 이런 특징을 가지고 있다고 합니다.

첫째, 상대를 바꾸려 하지 않고 있는 그대로 인정한다. 다름을 인정하는 것이다.

둘째, 자신의 부족한 모습을 미워하지 않고 있는 그대로 받아들이고 원치 않는다면 고쳐 나간다.

셋째, 원하는 대로 되지 않았어도 여유가 있다. 불안한 사람은 원하는 대로 되지 않으면 큰 분노를 느낀다.

넷째, 좋은 관계를 맺기 위해 크게 노력하지 않는다. 관계를 맺고 싶다면 맺고, 맺기 싫다면 맺지 않는다. 누가 어떻게 바라볼까를 생각하기보다는 자신을 중심으로 행동한다.

어떻습니까? 나는 과연 자존감이 높은 사람인지를 생각해 볼 수 있을 겁니다. 누군가는 자존감이 밥 먹여주냐고 할지도 모릅니다. 그런데 자존감이 나를 살게 할 때가 참으로 많습니다. 그것도 긍정적인 마음으로 힘차게 살아갈 수 있도록 해줍니다. 이 모든 것들을 생각해보면 자존감이 밥 먹여주는 것 같기도 합니다.

모르는 것과 잘못 아는 것

진정한 발견은 새로운 땅을 찾는 것이 아니라
새로운 눈으로 보는 것이다.

마르셀 프루스트 _20세기 문학에 큰 영향을 미친 프랑스 소설가

중세 때 어느 수도원에서는 기도 중간에 수사 한 명씩 나와서 영적 나눔의 시간을 가졌습니다. 그런데 한 수사님은 이 시간이 너무나도 힘들었습니다. 말재주가 없었고, 특히 남들 앞에 서면 떨려서 제대로 말을 할 수 없었기 때문이지요. 그래서 원장 수사님을 찾아가서 다른 수사님께 방해가 될 뿐이니 자신은 빼달라고 부탁했습니다. 하지만 원장 수사님은 이럴수록 더 많이 해야 한다며 오히려 세 번 연속으로 할 것을 주문했습니다.

첫 번째 나눔 때 "제가 무슨 말을 할지 아십니까?"라고 말합니다. 모든 수사는 고개를 흔들며 모른다고 표시했지요. 그러자 "저도 모르겠습니다. 그러나 하느님은 분명히 아십니다. 하느님께서 직접 여러분에게 말씀하실 것입니다. 모든 걸 하느님께 맡기고 열심히

사십시오"라고 말했습니다.

다음 날, 전날과 같이 "제가 무슨 말을 할지 아십니까?"라고 묻습니다. 수사들은 전날과 달리 알겠다고 고개를 끄덕였습니다. 그러자 "여러분이 모두 아는데 제가 무슨 말을 더 드리겠습니까? 그저 아는 대로 실천하십시오"라고 말했습니다.

마지막 세 번째 나눔 때, "제가 무슨 말을 할지 아십니까?"라고 또 묻습니다. 이에 절반은 고개를 안다고 끄덕이고 나머지는 고개를 모른다고 흔들었습니다. 그러자 "반반씩이니 아는 사람은 모르는 사람에게 가르쳐주십시오"라고 말합니다.

모르는 것도, 아는 것도 문제가 되지 않습니다. 어설픈 지식이나 화려한 언변에 의지하여 말할 때 오히려 진실을 왜곡할 수도 있습니다. 우리가 알아야 할 중요한 진실들은 도서관에 숨겨져 있는 것이 아니며, 능숙한 말재주 안에 담겨 있는 것도 아닙니다. 어쩌면 세상을 바르게 살아가는 데 필요한 지식은 이미 우리의 내면에 충분히 쌓여있는지도 모릅니다.

삶을 충만하게 하는 단순한 진실이 아무리 그럴싸하게 포장된다고 한들 그 뜻이 바뀌는 일도 없을 것입니다. 바른 삶을 살기 위한 가장 기본적인 삶의 지식, 선하게 살고 이웃을 배려하며 사랑을 실천해가야 한다는 것이 어려운 말일까요. 그렇지 않습니다. 다만 그것을 실천하는 데 주저하고 있을 따름입니다. 모르는 게 문제가 되지는 않아도, 잘못 아는 것은 커다란 문제가 됩니다. 잘못 알면

폭력이 정의로 둔갑하기도 하고 차별이 자유로 둔갑하기도 합니다. 어쩌면 세상의 모든 비극은 뭔가를 잘못 이해하고 있는 것에서 출발하는지도 모르겠습니다.

첫 마음을 기억하세요

길이 막혔다면 원점으로 돌아가라. 실마리를 찾지 못할 땐 초심으로 돌아가는 것이 색다른 발견을 가져다줄 수도 있다.

쿠니시 요시히코 _일본의 자기 계발 작가

얼마 전에 성경 내용에 의문이 들어서 원문이라고 할 수 있는 희랍어 성경을 펼쳐 들었습니다. 30년 전에 그것도 딱 1년을 배운 희랍어를 지금까지 기억하고 있을 리가 없지요. 그래서 단어 하나하나 사전을 뒤져가며 내용을 파악했습니다. 희랍어 성경이 이렇게도 어렵게 느껴지니 '신학생 때 열심히 공부할 걸…' 하고 후회가 밀려듭니다.

솔직히 신학교를 졸업하고 사제가 되면서, 이제는 공부가 아닌 사목에 신경 써야 한다고 생각했습니다. 그러나 공부하지 않으면 사목도 잘할 수 없다는 것을 깨닫게 되면서, 옛날 신학생 때 공부하던 책들을 다시 펼쳐보고 있습니다. 또다시 신학생이 되었다는 마음으로 말입니다. 집중력이 학생 때만 못하니 신학생 때보다도 더 열심히 공부하는 느낌입니다.

다산 정약용 선생도 강진에 유배되었을 때 《소학》을 가장 열심히 읽었던 것으로 알려져 있습니다. 배움의 시작에 펼쳐보는 책이 《소학》이지요. 그렇다면 학문의 깊이가 남달랐던 정약용 선생은 이 책을 왜 다시 읽으셨을까요? 초심으로 되돌아가기 위함이었습니다. 그리고 초심을 잃지 않았기에 그 엄청난 저작들이 나오게 된 것입니다.

우리 모두 초심으로 돌아갈 필요가 있습니다. 사랑하는 사람과 처음 만났던 순간으로, 일을 시작하며 품었던 첫 마음으로 돌아가야 합니다. 그래야 더욱더 성장하는 나를 만나게 될 것이고, 더 큰 기쁨과 행복 안에서 삶의 의미를 찾을 수가 있습니다.

디자이너 패트리샤 무어(Patricia Moore)는 요리를 사랑하던 할머니가 관절염 때문에 냉장고 문을 여닫는 게 너무 힘들어서 이제 요리를 못하겠다는 말씀을 듣게 되었습니다. 그래서 자신이 다니고 있었던 디자인 회사에 건의했지요. 연세 드신 분은 냉장고 문을 여닫는 것이 힘드니 새로운 문손잡이를 만들자는 것이었습니다. 그러나 일언지하에 거절당했습니다.

무어는 이에 굴복하지 않습니다. 디자이너가 되겠다고 결심하면서 품었던 '인간을 위한 디자인, 삶에 유익함을 안겨주는 디자인'의 긴 여정에 몸을 내맡깁니다. 당시 26세였던 무어는 자기 스스로 디자인하기 위해, 관절염을 앓는 80세의 노인으로 분장합니다. 머리에는 흰 가발을, 얼굴에는 라텍스로 만든 주름을, 눈에는 앞이 잘 보이지 않는 뿌연 안경을, 귀에는 잘 안 들리게 솜을, 팔목과 발목에는 관절을 움직이기 힘들게 부목을, 허리에는 구부정해지게 붕대를, 다리에는 걷기 어렵게 철제 보조기를 하고서 자그마치 3년간을 노인으로 살았습니다.

이 경험을 통해 누구나 손쉽게 쓸 수 있는 제품을 디자인할 수가 있었습니다. 공감하기 위해서 스스로 할머니가 되는 체험을 했던 것입니다. 그때 연세 많으신 분을 더욱더 이해할 수 있게 되었으며, 여기에 맞는 멋진 디자인을 할 수 있었던 것이지요.

일에서건 관계에서건 첫 마음을 잃지 않으면, 어느 순간 놀라운 힘을 발견하게 됩니다.

정말 나만 그럴까요

누군가가 우리를 실망시키기 시작할 때
비로소 그 사랑을 제대로 알 수 있게 된다.

알랭 드 보통 _프랑스 소설가이자 철학가

사람의 세상에서 절대적인 것이 있을 수 있을까요? 그런 것이 있다고 믿는 착각이 우매함과 폭력을 낳는 것입니다. 실제로 가장 대화가 안 되는 사람은 평생 책을 읽지 않은 사람이 아니라, 평생 책 한 권만 읽은 사람이라고 합니다. 책 한 권의 지식으로 '나는 맞고 너는 틀리다'라고 확신하는 사람이 행하는 폭력이 이 세상에 만연되어있습니다.

자신에게 조금이라도 피해가 되면 절대로 상대하지 못할 적으로 돌리기 일쑤이며, 자신의 이념과 다르다는 이유로 남을 마치 원수 보듯이 여깁니다. 이 안에서 이루어지는 폭력은 눈살을 찌푸리게 합니다.

어렸을 때 한 친구와 싸웠던 기억이 있습니다. 지금 떠올려 보면 별것도 아닌 일이었지만, 당시에는 그 친구가 틀린 것이고 그래서 당연히 싸워야 한다고 생각했습니다. 이렇게 싸우는 친구와 저를 선생님께서 발견했고, 친구와 저는 선생님 앞에서 손을 잡고 화해하긴 했지만, 실은 억울했습니다. 선생님께서 화해하라고 하니 어쩔 수 없이 손을 내밀었던 것입니다. 그런데 친구는 손을 잡고 나서도 눈물을 뚝뚝 흘리면서 이렇게 말하는 것이었습니다.

"얘가 잘못했는데 왜 화해해야 해요?"

저는 친구가, 그리고 친구는 제가 잘못했다고 생각을 버리지 못하고 있었던 것이지요.

지금이라고 해서 크게 다르지도 않은 것 같습니다. 어른의 몸만 하고 있지 마음은 어린이의 미성숙함에서 벗어나지 못한 것만 같습니다. 설사 조금 억울한 생각이 든다 해도 상대 또한 똑같은 입장임을 안다면 먼저 손을 내밀 수도 있는 일인데도, 막상 상황이 닥치면 미적거리거나 손을 내밀고도 불편한 마음을 어쩌지 못하곤 합니다.

어느 형제님의 하소연을 들었습니다. 아내와의 관계가 너무 힘들다는 것이었습니다. 자신만 일방적으로 사랑하고 있는 것 같고, 자신은 이용당하는 것 같다는 이야기였습니다. 특히 "남자가 그것도 이해 못 해줘?"라면서 화를 내면 할 말이 없어진답니다. 반박하면 "남자가~~"라고 시작하는 말 폭탄을 받게 됩니다. 왜 나만 사랑해야 하고, 왜 나만 이해해야 하느냐는 하소연이었습니다.

우리 주변에는 이런 관계로 힘들어하는 사람이 너무 많은 것 같습니다. 이는 남자만이 아니라, 여자 역시 마찬가지입니다. 나만 사랑해야 하고 나만 이해해야 하는 현실에 염증을 느낀다는 말인데, 이렇게 말하고 있는 분의 배우자 역시 거의 비슷한 생각을 갖고 있다는 점이 놀랍습니다.

사랑은 동등하게 작용합니다. 처음에는 나만의 손해인 것 같지만, 두 사람이 함께하는 긴 시간을 놓고 생각해보십시오. 결국, 동등하게 작용하고 있음을 알게 됩니다.

손해 보고 있다는 생각이, 나만 이해해야 한다는 현실이 사랑의 관계를 깨뜨립니다. 그러나 손해 보는 것은 나만이 아니며, 상대방도 이해하려고 노력하고 있음을 인정하게 되면 무엇인가가 보이게 됩니다.

사랑이 보입니다.

나는 나의 영웅

자신의 본성이 어떤 것이든 그에 충실하라.
자신이 가진 재능의 끈을 놓아 버리지 마라.
본성이 이끄는 대로 따르면 성공할 것이다.

시드니 스미스 _영국의 제독

전 세계에 흩어져 있는 젊은이를 대상으로 설문 조사를 했습니다. 이미 고인이 되신 성녀 마더 데레사와 영국의 다이애나 황태자비에 대해서였습니다. 질문은 이렇습니다.

첫째, 누가 바람직한 삶을 살았다고 생각하십니까?

둘째, 당신은 둘 중에서 어떤 삶을 살고 싶습니까?

첫 번째 질문의 답으로 성녀 마더 데레사가 압도적이었습니다. 그러나 두 번째 질문의 답은 다이애나 황태자비가 압도적이었다고 합니다. 이는 의식과 선택이 전혀 다르다는 것을 보여줍니다. 바람직한 삶이 옳다고 분명히 의식하고 있지만, 그것이 바로 선택을 의미하는 건 아니란 것이지요.

방송에서 누구보다 올바르게 사는 동료 연예인을 칭찬하던 한 연예인이 했던 말이 기억납니다.

“올바르게 사는 모습을 존경하지만, 저는 그렇게 살기는 싫어요.”

바람직한 삶이란 게 대부분 궁핍하고 재미없고 피곤하기만 할 뿐이라서일까요? 아니면 그 삶을 감당할 자신이 없어서일까요?

자신을 긍정하는 삶이 참다운 용기와 행복으로 나를 이끌어줍니다. 문제는 가짜 행복이지만 남들이 보기에 부러워 보이는 삶, 물질적인 만족을 얻으려는 내 욕심이 진짜 행복으로 나아가지 못하게 하고 있다는 것입니다.

자신을 긍정할 때 미래와 가능성이 열립니다. 미국의 영화배우 매튜 맥커너히(Matthew McConaughey)는 오스카상 수상 당시 10대 때부터 변하지 않은 자기 영웅에 대해 이렇게 말했습니다.

“매일, 매주, 매월 그리고 매년 제 영웅은 항상 저로부터 십 년이나 멀어져 있습니다. 아마 전 절대로 그 영웅이 되지 못할 겁니다. 한 번도 경험하지 못할 겁니다. 그 사실을 누구보다 잘 알고 있어요. 그렇지만 괜찮아요. 내가 끝까지 포기하지 않도록 해주니까요.”

그가 말하는 자기 영웅은 10년 뒤의 자기 자신이었습니다. 미래의 발전된 삶을 지향하는 그의 모습에서 자신이 생각하는 영웅에 가까워지는 것이 아닐까요?

특별한 모습을 갖추고 있는 영웅을 생각하면서 부러워할 것이 아니라, 그 거리에 가까워질 수 있도록 지금보다 더 나은 존재가 되어야 한다는 것입니다.

나는 무엇을 갖추고 있을까

행복의 원칙은 첫째 어떤 일을 할 것,
둘째 어떤 사람을 사랑할 것,
셋째 어떤 일에 희망을 품을 것이다.

임마누엘 칸트 _비판 철학을 확립한 독일의 철학자

피터 홀린스(Peter Hollins)는 자신의 책 《어웨이크》에서 삶의 기회를 포착하기 위한 다섯 가지 요건을 다음과 같이 말합니다.

첫째, 모험에 대한 열망을 가지십시오. 자신이 누구이며, 어떻게 살고, 무엇을 할 수 있는지에 대해 생각하는 능력을 갖춰야 합니다.

둘째, 헌신하는 태도를 유지하십시오. 헌신은 모험을 완전히 끝마칠 수 있게 하는 기본 요소로 자신감과 믿음을 가져다줍니다.

셋째, 불확실한 일에 뛰어드십시오. 불확실함은 가능성이라는 선물을 줍니다.

넷째, 삶의 다양성을 받아들이십시오. 그대로 존중하고 포용하며 관계를 발전시킬 기회를 얻게 됩니다.

다섯째, 동반자의 존재에 감사하십시오. 사람뿐만 아니라 반려

동물 또한 우리의 동반자입니다.

이 다섯 가지 요건에 대해 스스로 점검해보십시오. 나는 과연 몇 가지의 요건을 갖추고 있을까요?

고대의 중국 현자들은 인재를 고를 때 다음과 같은 네 가지를 성품을 살펴보았다고 합니다.

첫째, 남이 즐거운 일이 있을 때 같이 즐거워할 줄 아는 사람인가? 남들이 다 즐거워하는데 옆에서 이상한 말로 분위기를 망치는 것은 기본이 잘못된 것입니다.

둘째, 내가 즐거운 일이 있을 때 즐거움을 절제하는 사람인가? 내게 좋은 일이 있어도 힘들게 사는 남을 생각해서 기쁨을 절제할 줄도 알아야 합니다.

셋째, 두려울 때 얼마나 내색하지 않고 용기 있게 사는가? 두려운 문제가 생겨도 호들갑 떨지 않고 그 문제 속에서 원인을 찾고 답을 구한다면 더 큰 문제도 극복할 수 있는 능력과 지혜가 생깁니다.

넷째, 슬픈 일을 당했을 때 얼마나 혼자 슬픔을 삭일 줄 아는가? 나 한 사람이 감정을 삭이면 주변의 많은 사람이 편안해짐을 알고 마음을 잘 다스려야 합니다.

이 네 가지를 모두 가지고 있다면 틀림없는 인재라고 보았던 겁니다. 그렇다면 나는 위 항목 중 몇 가지의 덕목을 갖추고 있을까요?

실패를 통해 성장합니다

잘못이 부끄러운 것이 아니라,
잘못을 고치지 못하는 것이 부끄러운 것이다.

루소 _18세기 프랑스의 사상가

초등학교에 들어가기 전, 저의 형과 누나들이 학교에서 받아오는 상장을 보면서 저 역시 그런 상장을 많이 받으리라 생각했습니다. 그리고 형과 누나들처럼 항상 시험 성적도 좋을 것으로 생각했지요. 그래서 하루빨리 학교에 들어가고 싶었습니다.

드디어 여덟 살이 되어, 어머니 손을 잡고 왼쪽 가슴에 손수건을 달고 학교에 들어갔습니다. 그러나 저의 예상과 달리 많은 상장을 받을 수도 없고, 또 좋은 성적 받기도 쉽지 않음을 깨달을 수 있었습니다. 한 반에 70명이 넘는 아이들이 있었는데, 그중에서 저는 너무나도 평범했습니다. 더군다나 한글도 아직 제대로 모르는 저로서는 학교의 문턱이 너무나도 높아 보였습니다. 이런 상태에서 자신감은 줄어만 갔고 점차 학교 가기가 싫어졌습니다.

지금은 그때를 떠올리며 그저 '어렸으니까'라고 생각합니다. 그런데 성인 역시 마찬가지임을 깨닫습니다. 자신 안에 자신감이 사라질 때, 남들보다 부족하다고 생각하면서 얼마나 많이 좌절하고 그 자리에 주저앉습니까?

초등학교 때, 발표력이 정말로 좋은 친구가 있었습니다. 선생님이 질문하면 이 친구가 늘 제일 먼저 손을 들곤 했습니다. 하지만 늘 정답이 아닌 오답만 말한다는 것이 문제였습니다. 산수 시간에 "누가 앞에 나와서 이 문제를 풀어볼래?"라고 선생님께서 말씀하시면, 이 친구가 여지없이 손을 들고 앞에 나와 문제를 풀었습니다. 물론 맞추는 경우는 거의 없었습니다. 나중에 선생님께서는 "너는 한 번만 더 생각하고 답을 해보면 어떨까?"라고 이야기하셨고, 우리도 "너는 가만히 있어"라고 만류하곤 했습니다.

아무튼, 이 친구에 대한 기억은 틀려도 부끄러워하지 않는 당당함을 가지고 있긴 하지만 공부는 그닥 잘하지 못한다는 것이었습니다. 그러나 나중에 이 친구가 명문 대학에 우수한 성적으로 들어갔다는 말을 듣게 되었습니다.

실패했을 때가 뇌가 성장하는 최고의 순간이라고 뇌 과학자들은 말합니다. 문제가 어렵다는 느낌이 들어야 뇌가 성장한다는 것입니다. 앞서 소개했던 제 친구 역시 답을 찾지 못하면서 뇌가 성장했던 것이 아닐까 싶습니다. 그런데 대다수 사람은 어떻습니까? 틀리는 것을 주저하고 부끄러워합니다. 즉, 이를 실패로 여기고 두려워하지요. 그러나 실패의 체험은 자신을 성장시키는 데 중요한 역할을 수행합니다.

세상 사람들의 반대를 받는 것을 두려워해서는 안 됩니다. 반대를 받는 것이 실패가 아니며, 반대를 받음에도 불구하고 지치지 않고 도전할 때 진정으로 성공이라고 할 수 있는 길에 들어서게 될 것입니다.

포기하면 그것으로 끝이지만, 그래도 다시 시도하면 또 다른 미래를 만들 수가 있는 법입니다. 실제로 어떤 것에 대한 두려움을 갖게 되면 뇌 손상을 가져오게 된다고 합니다. 이렇게 부정적인 영향을 가져오는 두려움으로 포기, 자신감이 없다고 포기, 관심이 없다고 포기하는 우리의 모습이 낯설지 않게만 느껴집니다.

열등감이라는 열등한 감정

인생의 참된 진리는 전혀 새로운 것이 아닙니다.
우리는 마음 깊은 곳에서 이미 모든 것을 알고 있기 때문입니다.

에크하르트 톨레 _21세기의 대표적 영적 지도자

학창 시절에는 공부 잘하는 아이를 보면 부럽고, 운동 잘하는 아이를 봐도 부럽고, 그림 잘 그리는 아이를 봐도 역시 부럽고, 말 잘하는 아이를 보면 특히 부러웠습니다. 이 밖에도 부러운 사람이 너무나도 많았습니다. 어쩌면 모든 사람이 다 부러움의 대상이 아니었을까 싶습니다. 그러나 사제가 되면서 그 부러움을 내려놓을 수가 있었습니다. 내 삶에 충실하면 매우 만족스럽게 살 수 있음을 깨달았기 때문입니다.

세상은 뭐든 1등이 최고라고 말합니다. 그래서 많은 시간과 돈을 투자해서 공부하고, 조금이라도 좋다고 하면 다 그리로 몰립니다. 그러나 더 중요한 것은 이런 것이 아닌 것 같습니다. 즉, 자기 삶에 충실한 것이 무엇인지를 찾는 것이 아닐까요? 특히 보람을 느낄 수 있는 내 삶의 한 자락을 차지하게 될 때 행복한 사람이 될 수 있습니다.

욕심, 질투, 비교, 열등감 등은 나로 살지 못하게 하는 걸림돌입니다. 이를 벗어던질 수 있는 지혜와 용기가 필요합니다. 그것이 바로 사랑이 아닐까요? 사랑이 있으면 괜히 욕심을 부릴 일도 없고, 질투하지도 않으며, 비교를 통한 열등감도 가질 필요가 없기 때문이지요.

레몬즙을 내기 위해서는 어떤 과일을 짜야 할까요? 오렌지나 사과로 레몬즙을 만들 수가 있을까요? 당연히 없습니다. 레몬즙을 내기 위해서는 레몬이 필요합니다.

이렇게 내가 가지고 있는 것으로 즙을 만들 수 있다는 점을 기억하면서, 우리 안에 있는 것에 따라 그것이 내 밖으로 나오게 된다는 것을 깨닫습니다. '행복'을 가지고 있으면 행복이, '기쁨'을 가지고 있으면 기쁨이 나오게 됩니다. 그렇다면 '열등감'을 가지고 있다면 어떻겠습니까? 스스로는 행복해지고 싶어, 기뻐하고 싶다고는 말하지만 불가능합니다. 내가 가지고 있는 것만이 밖으로 나올 수 있습니다.

미국의 루스벨트 대통령은 이렇게 말했습니다.

"당신이 동의하지 않으면 누구도 당신에게 열등감을 느끼게 할 수 없다."

내 안에 열등감을 가지고 있지 않다면, 다른 누군가에 의해 열등감이 생기지 않는다는 것입니다. 결국, 내 안에 무엇이 담겨 있느냐가 중요합니다.

심리학자 알프레드 아들러(Alfred Adler)는 자연이 신체 기관의 결함을 매우 불가사의한 방식으로 보상해주고 있다고 말합니다. 예를 들어, 시력에 손상을 입은 사람은 보통 사람보다 청각과 후각이 예민해지고, 신체 결함을 가진 사람은 이 부분을 보상받기 위해 다른 쪽으로 재능을 발휘하게 된다는 것입니다. 그래서 자연은 마이너스 부분을 발견하면 두 배의 플러스를 만들려는 경향이 있다고 말합니다.

베토벤이 청력을 잃고서 위대한 교향곡을 작곡한 것이 우연만은 아니라는 것입니다. 헬렌 켈러 역시 우리에게 많은 점을 생각하게 해줍니다.

결국, 나의 부족함을 인지하는 것은 또 다른 멋진 나를 만들어 가는 과정이 아닐까요? 그런데 이 '부족함' 자체에 묻히고 맙니다. 그 부족함 자체가 자신의 전부인 것처럼 말입니다. 부족함, 단점을 발견하면 곧바로 자기 주위를 둘러봐야 할 것입니다. 마이너스 부분은 두 개의 플러스를 만드니까요.

참고로 열등감이라는 게 얼마나 자기 학대적이고 작위적인 감정인지 알아야 할 필요가 있습니다. 우리는 누가 가르쳐주지도 또 도움을 주지도 않았는데 알아서 척척 하는 아이를 보면, 우리는 조금의 망설임도 없이 이렇게 말할 것입니다.

"천재!"

그 천재를 여러분은 잘 알고 있습니다. 바로 당신이기 때문입니다.

태아들은 세상 밖으로 나오기 위해 양수를 내뱉은 호흡 연습을 하고 뱃속에서부터 발길질하며 걸음마를 준비하는 운동까지 합니다. 태어나자마자 젖을 빨기 위해 손가락을 빨기도 합니다. 이런 연습을 모두 마친 뒤에 죽음을 각오하고 출생의 모험 길을 나섭니다. 아무것도 보이지 않았을 텐데 빠져나갈 방향으로 머리를 돌려서 세상에 나옵니다.

그 누구도 도와주지 않습니다. 또 그 누구도 가르쳐주지도 않았는데 스스로의 힘으로 익혀서 세상에 나왔습니다. 어떻습니까? '천재'가 아닐까요?

이렇게 우리 모두는 천재의 능력을 지니고 있습니다. 살아가며 그 능력을 발휘하고 있지 못할 뿐, 언젠가는 놀라움을 세상에 알릴 힘을 가지고 있습니다.

씨 뿌리는 사람

발견은 준비된 사람이 맞닥뜨리는 우연이다.

얼베르트 센트죄르지 _헝가리 출생의 미국 생화학자

미국 UCLA 브루인스팀을 이끈 농구 코치 존 우든은 14차례나 내셔널 챔피언십 타이틀을 거머쥐었습니다. 이 기록은 절대로 깨지지 않을 거라고 전문가들이 말할 정도로 대단한 기록입니다. 그래서 존 우든 코치를 코트의 마법사라고 말하기도 했습니다. 그렇다면 그의 코칭 비법은 무엇일까요? '기본 원칙에 충실하라'라는 것입니다.

매 시즌 우든이 라커룸에서 처음 하는 일은, 자기 선수들에게 발에 물집이 잡히지 않게 양말과 신발 신는 법을 가르치는 것이었습니다. 선수라면 웃어넘길 가르침이지만 이를 통해 그의 선수들은 발에 물집이 없었습니다. 경기가 끝난 후 다른 선수들의 발이 화끈거릴 때 그의 선수들은 경기를 시작할 때처럼 쌩쌩했습니다.

기본 원칙이 제일 중요한 것입니다. 이 원칙을 철저하게 지켜

나갈 때, 자신이 원하는 것도 저절로 따라오게 됩니다. 그러나 많은 이가 특별한 결과만을 원합니다. 단적인 예로, 일확천금을 노리는 상상만 합니다.

어느 학생과 이야기를 나눌 기회가 있었습니다. 이 학생의 어머니가 대화를 나눴으면 해서 이루어진 자리였습니다. 도무지 의욕 없이 살아가는 아이의 변화를 위해 대화를 나눠 달라는 것이었지요. 학생과 이런저런 이야기를 하다가 "어렸을 때는 뭘 하고 싶었니?"라고 물었습니다. 그러자 "의사가 되고 싶었죠"라고 말합니다. 곧바로 "그렇다면 의사가 되기 위해 어떤 노력을 해보았니?"라고 질문을 하자, 아무런 대답을 하지 못하고 가만히 있을 뿐이었습니다. 의사가 되고 싶었지만, 의사가 되기 위한 노력을 이제까지 해본 적이 없었습니다.

이 학생만 그럴까요? 어쩌면 모든 사람이 이런 모습을 가지고 있습니다. 이루고 싶은 모습은 있지만 이를 위한 구체적인 노력이 없습니다. 실력을 갖추기를 원하지만 이를 위한 노력을 하지 않습니다. 사랑받기를 원하지만, 사랑 주기는 전혀 하지 않습니다. 어떻게 살고 싶은가보다 더 중요한 것은 어떻게 살고 있는가가 아닐까요?

'씨 뿌리는 사람'의 비유가 떠오릅니다. 이 비유를 우리의 상식으로는 언뜻 이해하기 힘듭니다. 왜냐하면, 어떤 농부도 돌밭이나

가시덤불 속에 씨를 뿌리지 않기 때문입니다. 그런데도 그런 곳에 씨를 뿌리는 이유는 무엇일까요? 가능성이 있기 때문입니다. 절대로 열매를 맺지 못할 것이라면 농부는 씨를 뿌리지 않을 것입니다. 따라서 열매를 맺을 수 있다고 해서 뿌린 것이라면, 농부의 잘못이 아니라 씨를 받아들이지 않는 모습이 잘못입니다.

우리가 이 땅에 태어났다는 것은 충분히 가능성이 있기 때문입니다. 하지만 많은 이가 불가능한 이유만을 찾으면서, 자기 모습이 변경 불가능한 돌밭이고 가시덤불의 모습처럼 생각합니다. 막연히 '어떻게 살고 싶다'라는 마음으로 살아서는 자기 안의 가능성을 실현하게 할 수 없습니다. 항상 '어떻게 살아야 하는가?'를 떠올리면서 적극적으로 내 삶의 구체적인 문제들에 대처해야 합니다. 그 과정에서 점차 자신을 채우고 있는 돌무더기는 치워지고 가시덤불은 걷히게 됩니다. 그리고 마침내 부드럽고 촉촉한 토양을 드러낼 것입니다. 이제 씨앗이 발아할 시간입니다.

또 다른 이야기입니다. 농장을 운영하던 농부가 있었습니다. 그의 노력으로 농장은 점점 커졌고, 이제 더는 혼자 운영하기 힘든 상태가 되었지요. 그래서 관리인을 공개 모집했지만, 워낙 일이 많은 농장이었기에 관리인을 해보겠다고 아무도 찾아오지 않는 것입니다.

얼마 뒤에 드디어 한 명의 지원자가 나타났습니다. 농장 주인이 그에게 자신의 장점이 무엇인지를 묻자 이렇게 말합니다.

"저는 태풍이 몰아치든, 눈보라가 몰아치든 아주 편안하게 잠을 잘 잡니다."

이게 무슨 장점인가 싶었지만, 다른 지원자가 없어 어쩔 수 없이 이 사람을 채용할 수밖에 없었습니다. 다행히 이 사람은 아주 성실했고, 이 모습에 농장 주인은 만족스러웠습니다.

한참의 시간이 흐른 어느 날, 이 농장에 커다란 폭풍이 덮쳤습니다. 폭우와 거센 바람에 놀란 농장 주인은 서둘러 농장으로 달려가 관리인을 찾았습니다. 그런데 관리인은 너무 편안하게 자고있는 것이 아닙니까? 너무 화가 나서 흔들어 깨웠지만, 관리인은 잠에 취해서 일어나지 못했습니다. 할 수 없이 농장 주인 혼자서 걱정되는 축사와 밭을 찾아갔습니다. 그리고 깜짝 놀랐습니다. 축사 지붕은 단단하게 묶여 있었고, 밭 주변은 배수로를 넓게 파서 태풍으로부터 피해를 보지 않을 수 있었습니다.

면접 당시에 태풍, 눈보라에도 편안하게 잠을 잘 잔다는 말의 의미는 무엇이었을까요? 그만큼 철저하게 준비하는 사람이라는 것이었습니다. 지금 걱정과 불안으로 힘들어하는 우리에게 필요한 것이 무엇인지를 생각하게 됩니다. 바로 철저한 준비가 아닐까요? 준비 없이 걱정과 불안으로 인해 지금 해야 할 것을 하지 못하는 어리석음의 삶을 살아서는 안 됩니다. 씨뿌리는 사람의 진정성과 성실함으로 살아야 할 것입니다.

법정 스님에게 배우다

나는 행복에 이르는 길이 우리를 얽매는 '채움'이 아니라
우리를 자유롭게 하는 '비움'이라는 사실을 깨달았다.

미하엘 코르트 _독일 출신의 저술가

법정 스님의 《스스로 행복하라》라는 책을 읽었습니다. 이 책에서 인용된 서산 대사의 글을 적어 봅니다.

"출가하여 수행자가 되는 것이 어찌 작은 일이겠는가, 편함과 한가함을 구해서가 아니고, 따뜻이 입고 배불리 먹으려는 것도 아니며, 명예와 재물을 구해서도 아니다. 생과 사의 괴로움에서 벗어나자는 것이며, 부처님의 지혜를 이으려는 것이고, 끝없는 중생을 건지려는 것이다."

그러면서 이것이 출가 정신이고, 이 각오, 이 정신을 늘 지녀야 한다고 법정 스님은 말씀하십니다.

사제가 되었을 때의 첫 마음을 다시금 생각하게 하는 말씀이었습니다. 어느 순간 타성에 젖어 편하고 쉬운 것만을 좇았던 저를 향

한 스님의 일성 같았습니다.

내 삶을 변화시키고, 낡은 타성에서 벗어나야 할 것입니다. 이는 성직자, 수도자에게만 해당하는 말이 아닙니다.

법정 스님의 《무소유》라는 책이 있습니다. 아무것도 소유하지 않음이라고 생각하지만, 스님께서는 책에서 이렇게 말씀하십니다.

"무소유란 아무것도 갖지 않는 것이 아닙니다. 불필요한 것을 갖지 않는 것입니다."

인터넷에서 어떤 물건을 하나 보게 되었습니다. 신기한 물건이었고, 제게 꼭 필요할 것만 같았습니다. 곧바로 주문을 넣었고, 며칠 뒤에 받아볼 수 있었습니다. 그런데 작동이 제대로 되지 않는 것입니다. 홈페이지에 나와 있는 설명을 통해 해결해보려고 했지만 안 되었습니다. 전화도 해보았지만, 연락이 되지 않습니다. 온종일 끙끙대다가 문득 이런 생각이 들었습니다.

'이게 나한테 꼭 필요한 것인가?'

꼭 그런 것도 아니었습니다. 필요하지도 않은 것에 종일 시간을 쏟고 있었던 것입니다. 그래서 과감하게 상자 안에 넣어 집으로 보냈습니다. 그러자 마음이 편안해졌습니다.

필요하지 않은 것에 구속될 필요가 없습니다. 이는 물건만이 아닙니다. 사람과의 관계 안에서도 마찬가지가 아닐까요?

평범은 불행하지 않습니다

온건하게 감사를 표현하는 것은 평범의 증거다.

로베르토 베니니 _이탈리아의 배우이자 영화감독

신부가 된 지 얼마 안 되었을 때, 너무 바쁘고 피곤하다는 생각으로 가득했었습니다. 강론 준비, 고해성사와 미사, 면담, 여기에 오후에는 가정방문까지 숨 가쁜 일정을 치러야 했습니다. '신부가 이렇게 바쁜 거구나'라는 것을 피부로 느낄 수 있었지요.

그러던 어느 날 병원에 병자성사를 주러 갔습니다. 병실에 힘겹게 누워 있는 분에게 병자성사를 드리고 나오는데, 문득 '나도 병원에 입원했으면 좋겠다. 그냥 누워서 책 읽고 글도 쓰면서 푹 쉴 수 있을 텐데…'라는 생각이 드는 것입니다.

몇 년 뒤, 저는 실제로 병원에 입원하게 되었습니다. 허리가 아파서였지요. 화장실 가기도 힘들 정도의 통증이 이어졌습니다. 그냥 침상에 누워 있어야만 했습니다. 이렇게 입원해서 저는 무엇을 했을까요? 몇 년 전에 생각했던 대로 종일 누워서 책을 읽고 글을 썼을까요?

아니었습니다. 그냥 누운 채로 '자다 깨다'를 반복할 뿐이었습니다. 동창 신부가 책을 가져다주었지만, 일주일 동안 입원해 있으면서 100페이지도 읽지 못했습니다. 두통까지 밀려왔기 때문입니다.

입원한 환자들이 무엇을 하는지 관찰해보십시오. 자신에게 도움이 될 생산적인 활동을 하는 사람은 거의 없음을 알 수 있습니다. 고통을 이겨내기에도 벅차기 때문입니다.

다른 삶이 행복할 것으로 생각하지만, 어쩌면 특별한 일 없는 아주 평범한 지금의 삶이 가장 행복하고 또 많은 것을 할 수 있는 시간은 아닐까요? 그러므로 아주 평범한 일상을 소중하게 여길 수 있어야 합니다.

삶에서 거의 생각 자체를 하지 않는 사안 하나를 떠올려 보십시오. 지금 앉아 있다면 의자의 색깔을 생각해도 되고, 머리 위의 형광등, 자기 발 크기 등도 괜찮습니다. 생각해보면 내게 아무런 영향을 미치지 않는 것들이 꽤 많습니다. 이렇게 영향을 미치지 않는 것들에 대해서 어떤 특별한 감정도 갖지 않습니다. 왜 그럴까요?

그냥 있는 그대로 받아들이기 때문입니다. 의자의 색깔을 그냥 받아들이고, 머리 위의 형광등도 그냥 받아들이고, 내 발 크기도 그냥 받아들이기 때문에 어떤 감정의 변화를 가져오는 영향이 없는 것입니다.

하지만 이 역시 받아들이지 못하면 계속 신경이 쓰이면서 영향을 받게 됩니다. 의자 색깔이 마음에 들지 않아서 생각하게 됩니다. 형광등의 깜빡거림이 신경 쓰입니다. '내 발은 왜 이렇게 작은 거야?' 하면서 다른 사람의 발만을 바라봅니다.

사람과의 관계가 힘들다고 합니다. 왜 그럴까요? 있는 그대로 받아들이지 못하기 때문입니다.

지금 여기의 삶

내 마음은 왕국이라네.
그 속에서 내가 찾아낸 현재의 기쁨은
다른 모든 축복을 능가한다네.

에드워드 다이어 _16세기에 활동한 영국 시인

성 엑스페디투스의 성화를 우연히 본 적이 있습니다. 이 성인의 축일은 4월 19일로, 기원후 300년경에 활동하셨던 것으로 나와 있더군요. 그런데 이 성인의 성화가 아주 인상적입니다.

까마귀를 발로 밟고 있고, 손에는 십자가를 들고 있었습니다. 이 까마귀 부리 부분에 라틴어로 'Cras(내일)'라고, 십자가에는 'Hodie(오늘)'라고 적혀 있었습니다. 그래서일까요? 18세기 이후 독일과 시칠리아 지역에서는 긴박한 상황에 부닥칠 때 성인께 기도를 요청한다고 합니다.

이 성화를 유심히 바라봅니다. 성인은 내일이 아니라 오늘, 바로 지금 해야 할 것을 독려하는 것이 아닐까요?

사실 우리는 늘 '내일'을 말합니다. 나중에…, 여유가 되면…, 이 문제가 해결되면…. 그러나 성인은 이유를 말하면서 하지 않는, 그래서 찾을 수밖에 없는 '내일'을 밟아서 없애야 한다고 하시는 것 같습니다. 대신 어떤 상황에서도 가장 먼저 짊어져야 할 자신의 십자가를 들어야 한다는 것이지요. 뒤로 미루는 십자가가 아닌, 지금 짊어지는 십자가를 바라봐야 합니다.

러시아의 문호 톨스토이는 이렇게 말했습니다.

"30분 후에 죽는다는 것을 아는 사람은 사소한 일이나 바보 같은 일 그리고 무엇보다 나쁜 일을 하지 않을 것입니다."

사소한 일에 그토록 신경 쓰고, 바보 같은 일을 반복하는 것, 그리고 무엇보다 나쁜 일에서 벗어나지 못한 이유는 영원히 살 것이라는 착각 때문은 아닐까요? 물론 언젠가 죽는다는 사실은 잘 알고 있습니다. 그러나 늘 '아직은 아니다'라는 생각이 사소한 일에 얽매이고 바보 같은 일을 하고 또 나쁜 일도 서슴지 않는 것입니다.

갑곶성지 안에는 '천국의 문'이라는 봉안당이 있습니다. 이곳에 안치되어 오시는 고인은 모두 자그마한 유골함에 담겨 오십니다. 아무리 돈이 많고 사회적으로 높은 자리에 계셨던 분도, 이곳에 안치되시려면 봉안되실 자리에 맞는 유골함에 담길 수밖에 없습니다. 죽음 뒤에는 세상의 그 어떤 것도 가져갈 수 없는데도, 사소하고 바보 같으며 무엇보다 나쁜 일까지도 감수하면서 욕심과 이기심을 채우는 데 노력을 기울이는 사람이 너무 많습니다.

영원한 생명은 지금의 삶 안에서 주어지지 않습니다. 그러나 언젠가는 우리가 반드시 얻어야 할 것으로, 지금이라는 유한한 삶을 사는 우리가 이 영원한 생명을 얻기 위해 최대한 삶의 의미를 찾으며 살아야 합니다. 그 삶의 의미를 찾아 나설 때, 우리에게 다가오는 고통과 시련의 문제도 충분히 극복할 수 있습니다.

이런 신은 존재하지 않습니다

진리는 그렇게 살아가는 것이지,
가르치는 것이 아닙니다.

헤르만 헤세 _독일계 스위스 소설가이자 시인

세계 곳곳에서 무신론 캠페인이 일고 있다고 합니다. 그들은 이런 구호를 공공장소에 붙이곤 한답니다.

"신은 없는 것 같습니다. 이제 걱정하지 말고 인생을 즐기세요."

"왜 신을 믿죠? 그냥 선을 행하세요."

"나쁜 소식은 하느님이 존재하지 않는다는 것이고, 좋은 소식은 당신에게 하느님이 필요하지 않다는 것입니다."

이들의 주장은 옳은 것일까요? 신의 존재는 우리가 파악할 수 없는 영역임이 분명합니다. 전지전능하신 신의 세계를 유한하고 부족함 많은 인간의 언어로 판단하려는 것 자체가 말이 안 되는지도 모릅니다. 그러나 자신의 한계를 깨닫는 순간 대부분 인간은 신께 매달릴 수밖에 없습니다.

코로나 팬데믹이 막 시작했을 때, 미국에서 코로나 파티에 참석했다가 코로나바이러스에 감염되어 사망에 이르게 된 사람에 관한 기사를 본 적이 있습니다. 이 파티는 누가 먼저 코로나바이러스에 감염되는지를 가리고 제일 먼저 코로나 확진자가 된 사람에게 상을 준다고 했습니다. 그러나 이 파티에 참석했다가 확진자가 된 30대 남성은 "내가 실수를 한 것 같다"라는 짧은 말을 남기고 결국 죽음을 맞이했습니다. 죽은 자에게 상금이 무슨 소용이 있겠습니까?

신이 없다고 주장하는 사람이 죽어 신을 만나게 된다면 어떨까요? 인간만이 최고인 것처럼 믿고 살았다는 것이 큰 실수가 되고 맙니다. 사람의 내면에 깃든 신의 모습은 저마다 다릅니다. 신이 구체적인 형상을 하고 있지 않기 때문이며, 같은 모습이라 해도 개인의 인식 틀을 통해 저마다 다르게 해석되기 때문이기도 합니다. 그러나 비틀리고 그릇된 신관을 가진 사람이 아니라면 '신성'의 보편성은 크게 다르지 않습니다.

언젠가 어떤 청년으로부터 성경은 너무나 남성 중심이라는 말을 들었습니다. 그리고 "하느님께서 꼭 남성이어야 하느냐?"라고 말하는 것입니다. '하늘에 계신 우리 아버지'라는 표현 때문에 남성이라고 생각한 것일까요? 그러나 성경 안에서 하느님은 반드시 남성으로 묘사되지 않았습니다.

창세기 1장 27절에 "하느님은 이렇게 당신의 모습으로 사람을 창조하셨다"라고 나옵니다. 여기에 등장하는 하느님은 히브리 원어로 '엘로힘'입니다. 이 단어가 구약성경에 2,500회 이상을 반복해서 등장합니다. 그런데 이 엘로힘은 '엘'이라는 남성 신과 '엘로아'라는 여성 신이 합쳐진 복수형입니다. 이는 하느님 안에 남성성과 여성성이 함께 존재한다는 것을 의미합니다.

하느님을 표현하는 '엘 샤다이' 역시 '젖을 먹이는 하느님'으로 직역할 수 있는데, 이는 어머니의 여성성을 표현한 것입니다. 이 밖에도 성경 안에는 하느님의 남성성과 여성성이 함께 드러납니다. 즉, 하느님은 성을 초월하시는 분이십니다.

당신이 이해하고 있는 신은 어떤 모습을 하고 있을까요? 존 캅과 그리핀 같은 신학자들은 신이 다음과 같은 존재라면, 그런 신은 존재하지 않는다고 말합니다.

첫째, 신이 도덕군자로서 엄한 심판자이기만 하다면, 그런 신은 존재하지 않는다.

둘째, 신이 세상의 고통과 비극에 무감각한 절대자라면, 그런 신은 존재하지 않는다.

셋째, 신이 인간을 인형처럼 조종하고 자유를 박탈하는 통제자라면, 그런 신은 존재하지 않는다.

넷째, 신이 부조리한 현실을 옹호하고 묵인하는 존재라면, 그런 신은 존재하지 않는다.

다섯째, 신이 여성을 비하하는 남성성을 가졌다면, 그런 신은 존재하지 않는다.

있는 것과 없는 것

나는 모든 사람이 갖고 있는 모든 감정을 갖고 있다.
단지 그렇게 보이지 않을 뿐이다.

스티븐 라이트 _미국의 스탠드업 코미디언, 배우, 작가, 영화제작자.

19세기 후반, 프랑스의 소설가 모파상은 인생의 가치를 일깨우는 소설들로 명성을 얻을 수 있었습니다. 그리고 이 명성이 점점 더 올라감에 따라 그의 작품은 늘 베스트셀러가 되었고, 부와 명예 모두를 얻을 수 있었지요. 지중해에 요트가 있었고, 노르망디에는 저택이 파리에는 호화 아파트가 있었습니다. 그리고 은행에도 많은 돈이 예금되어 있었습니다.

이렇게 세상의 관점으로 볼 때는 부족한 것이 하나 없는 것처럼 보입니다. 그러나 그는 1892년 1월 1일 아침에 자살을 시도했습니다. 다행히도 이 자살은 미수에 그쳤지만, 그의 정신에 이상이 생겨서 1년 동안 알 수 없는 소리만 지르다가 43세의 일기로 세상을 떠났습니다.

그의 묘비에는 그가 말년에 반복해서 했던 말이 적혀 있습니다.

"나는 모든 것을 갖고자 했지만, 결국 아무것도 갖지 못했다."

모파상만 그렇겠습니까? 우리 모두 아무것도 갖지 못할 인생을 살고 있습니다. 왜냐하면, 내가 갖고자 했던 그 모든 것을 내려놓아야 이 세상을 떠날 수 있기 때문입니다. 그런데도 얼마나 많은 것을 가지려고 힘을 쓰고 있습니까? 알면서도 이런 착각에서 벗어나지 못하는 우리입니다. 이 과정 안에서 우리는 너무나 많은 욕심과 이기심으로 인해 죄를 짓고 있습니다.

이런 글을 보았습니다. 제목은 '있다, 없다'입니다.

10대는 '철'이 없다. 20대는 '답'이 없다. 30대는 '집'이 없다. 40대는 '돈'이 없다. 50대는 '일'이 없다. 60대는 '낙'이 없다. 70대는 '이'가 없다. 80대는 '처'가 없다. 90대는 '시간'이 없다. 그렇다면 100대는 무엇이 없을까요? 답은 '다 필요 없다'라고 합니다.

이렇게 없는 것이 많아서 평생 힘들게 사는 우리가 아닐까요? 그런데 세대별로 있는 것도 있다고 말합니다.

10대는 '끼'가 있다. 20대는 '젊음'이 있다. 30대는 '짝'이 있다. 40대는 '폼'이 있다. 50대는 '멋'이 있다. 60대는 '가족'이 있다. 70대는 '쉼'이 있다. 80대는 '추억'이 있다. 90대는 '소망'이 있다. 이제 마지막 100대는 무엇이 있을까요? 답은 '천국이 있다'라고 말합니다.

결국, 평생을 살아가면서 우리는 있는 것과 없는 것을 함께 안고 있다는 것입니다. 그리고 세대별로 있는 것과 없는 것이 계속해서 바뀌어 나간다는 것이지요. 지금 세대에 필요한 것이 다음 세대에서는 필요 없을 수도 있고, 또 지금 세대에 필요 없는 것이 과거나 미래의 세대에서는 꼭 필요한 덕목이 될 수도 있습니다.

없다고 절망에 빠져서 아무것도 하지 못하는 것이 아니고, 또 있다면서 안일한 마음으로 살아서도 안 됨을 깨닫습니다.

고민은 넣어두세요

과거는 잊어버리고 다른 일에 몰두하자.
이것이 고민의 해결이다.

잭 뎀프시 _미국의 프로권투 선수

우연히 인터넷에서 미국이 초호화 지하 벙커가 소개된 것을 보았습니다. 미국 캔자스, '아틀라스'라는 미사일 격납고인데 1960년 미국 공군이 핵폭탄이 터져도 격납고 안의 미사일을 보호할 수 있도록 견고하게 지어진 지하 벙커였습니다. 이를 CNET라는 회사가 매입해서 개조한 것입니다.

초호화 시설로 최저가가 우리나라 돈으로 17억 원, 고급형 옵션은 34억 원이라고 합니다. 핵전쟁 등의 지구 멸망에 대비해 만든 지하 벙커 콘도인데, 이미 다 판매가 되어서 지금 다른 곳에 또 다른 벙커를 파고 있다고 합니다. 부자들이 다가올 미래에 대한 불안한 마음에 이런 말도 안 되는 지하 벙커 콘도를 구매하고 있는 것입니다. 아직 일어나지도 않은 미래의 일로 불안해하며 지구 멸망의

날에 살아갈 궁리를 하고 있다니 어리석게만 여겨집니다.

아서 랭커라는 미국의 사업가는 사업에 대한 고민과 걱정으로 늘 불안했습니다. 많은 염려 가운데에 살던 그는 '염려에서 벗어나 사는 방법이 무엇일까?'를 생각하다가, 매주 수요일을 '염려의 날'로 정하고 걱정거리가 생길 때마다 날짜와 그 내용을 적어서 상자에 넣어 두었습니다.

시간이 지난 어느 수요일, 그는 상자 속의 메모지를 살펴보다가 한 가지 중요한 사실을 깨달았습니다. 상자에 넣을 당시만 해도 큰 문젯거리였던 고민과 염려들이 시간이 지나고 나서는 별문제가 아니라는 것입니다.

지금까지 자신이 가지고 있었던 고민과 염려들이 어떠했는지 생각해보십시오. 지금 가지고 있는 고민과 염려도 결국 별것 아니라는 것을 깨달을 수가 있을 것입니다. 어렵고 힘들지만, 충분히 이겨낼 고민과 염려들입니다. 내일 일을 걱정한다고 해도 바뀌는 건 없으니 지금을 더 충실히 사는 것이 중요하지 않을까요?

고통은 물과 같이

우리 가슴속에 고뇌가 없다면
우리 입술에 노래도 없을 것이다.
칼 바르트 _스위스의 프로테스탄트 신학자

서울대학교병원에서 스트레스에 관한 실험을 진행했습니다. 연구진은 같은 환경에서 양육된 실험용 쥐를 두 집단으로 나눠서 한 집단에는 2분마다 전기 충격을 주고, 또 다른 집단은 유리창 건너편에서 맞은 편의 고통 받는 쥐를 관찰하도록 배치했습니다.

열여섯 시간 동안 실험을 진행하며 쥐들은 480회의 전기 충격을 받았습니다. 그런데 탈진한 쥐는 전기 충격을 받은 쥐가 아니라 이 고통을 관찰할 수밖에 없었던 쥐였다고 합니다. 유리창 너머의 고통을 바라보는 것만으로도 두려움과 스트레스를 느꼈고, 바라보는 것밖에 할 수 없다는 사실에 더 큰 무력감을 느끼게 된 것입니다.

고통 속에 있는 사람이나 고통을 바라보는 사람이나 아프기는 매한가지입니다. 아픔의 크기를 따지는 것은 무의미한 일입니다. 그런데 고통 속에 있는 사람은 그 사실을 잘 모릅니다. 그래서 오랜 병으로 힘들어하는 환자와 그 가족이 서로에게 상처를 주는 경우가 많은 것입니다. 아프거나 아픈 이를 바라보거나 이 둘 가운데 어느 것에도 해당하지 않고 사는 날들이 얼마나 될까요. 어쩌면 고통이 인간의 속성인지도 모르겠습니다.

모래, 자갈, 철근, 시멘트가 모여 있습니다. 이것으로 무엇을 만들 수가 있을까요? 건축일을 하는 분은 곧바로 아실 것입니다. 단단한 콘크리트를 만드는 재료라는 것을 말입니다. 그런데 이 재료들을 다 섞어도 단단한 콘크리트가 될 수 없습니다. 여기에 중요한 무엇인가를 넣어야 합니다.

바로 '물'입니다. 물을 넣어 위 재료들을 잘 섞었을 때, 아주 단단한 콘크리트가 됩니다. 그런데 다른 재료들은 몇 달 뒤에도 다 남아 있지만, 하나는 사라집니다. 이 역시 '물'입니다. 물은 원하는 구조물이 굳어지면서 증발해서 사라집니다.

어느 정도의 시간이 지나면 사라지는 고통이 물의 모습과 같지 않을까 싶습니다. 고통은 내 마음을 더욱더 단단하게 만들어 흔들리지 않게 한 후에는 사라지고 마는 것이지요. 그래서 언젠가 피정 강의에서 들었던 "고통이 생기면 오히려 감사하라"라고 하셨던 어느 신부님의 말씀이 와닿습니다. 그런데 그 누가 고통이 오기를 원할까요? 고통이 없어야 행복하다고, 고통이 없어야 하느님의 은총 속에 사는 것처럼 생각하고 있지 않습니까?

나를 단단하게 만드는 고통 그 자체에 집중해야 합니다. 그 안에 담겨 있는 특별한 섭리를 분명히 느낄 수가 있습니다. 그래서 감사하게 될 것입니다. 어느 성인께서는 이렇게 말씀하셨습니다.

"고통은 은총을 수반한다."

아직 이십 대입니다만

무언가 큰일을 성취하려고 한다면,
나이를 먹어도 청년이 되지 않으면 안 된다.

괴테 _독일 문학을 세계적 수준으로 끌어올린 위대한 작가

어느 책에서 이런 글귀를 보았습니다.

"50세가 되었을 때 당신의 저금통장이 당신이 지금까지 살아온 인생의 성적표입니다."

이 글귀를 보면서 '그러면 내 성적표는 낙제인가?' 싶었습니다. 통장에 들어 있는 돈이 거의 없으니 말입니다. 요즘 서울 아파트 한 채에 십억이 넘는다고 하는데, 저는 월세도 살기 힘든 금액만 통장에 들어있을 뿐입니다. 그렇다고 제 삶을 실패라고 생각되지 않습니다. 지금의 삶에 충분히 만족하기 때문입니다.

사회 친구들을 자주 만나는데 2~30대에는 주로 어떻게 돈을 버느냐는 이야기를 많이 하더군요. 그러나 50대에 접어들면서는 그런 대화는 거의 없습니다. 대신 '어떻게 잘살 것인가?'라는 삶의

질에 관한 이야기가 대부분입니다.

부의 축적보다 더 중요한 것은 지금 자기 옆에 얼마나 많은 사람이 있는가가 아닐까요? 가족이 있고, 친구가 있고, 그 밖에 많은 사람이 함께할 수 있다면 행복한 사람이라고 하기에 충분할 것입니다.

강의할 때면 먼저 제 소개부터 합니다. 이 소개를 평범하게 하는 것보다는 재미있게 해서 딱딱한 분위기를 좋게 만들려고, 저에 대한 설명 일곱 가지를 말하는데 그중에서 딱 하나만 진실이고 나머지는 거짓이라고 말해주고 찾아보라고 합니다. 사실 답을 찾지 못합니다. 왜냐하면, 거짓 같아 보이는 것이 진실이거든요.

그 진실은 "제 나이는 현재 20대입니다"라는 겁니다.

사람들은 "마음이요?", "20대가 되고 싶은 거죠?"라고 묻습니다. 그러면 이렇게 설명해드립니다.

"저는 사제가 되면서 새롭게 태어났다고 생각합니다. 서품받은 지 이제 20년 넘었으니 20대라고 박박 우기고 있습니다. 맞죠?"

꽤 많은 분이 자신의 나이를 걸림돌로 생각하십니다. 나이가 많아서, 또 나이가 어려서…. 그 실제의 나이에서 벗어나는 방법은 새롭게 태어난 자신의 날을 따져보는 것입니다.

결혼한 지, 직장 생활한 지, 철든 지…. 이렇게 새롭게 태어난 자신의 날을 따지다 보면, 내 삶을 구체적으로 바라보게 되면서 지금을 더욱더 힘차게 살 수 있게 됩니다.

여러분은 몇 살이세요?

무기력 학습

소중히 여기지 않는 무언가를 열심히 하는 것이 스트레스다.
사랑하는 무언가를 열심히 하는 것은 열정이다.

사이먼 사이넥 _테드 강연으로 유명한 낙관주의자, 작가

무기력이 학습된다는 심리학자 마틴 셀리그만(Martin Seligman)의 실험이 있습니다.

그는 개 24마리를 8마리씩 세 집단으로 나누고 탈출할 수 없도록 철창을 두른 방에 가두었습니다. 이후 바닥을 통해 전기 충격을 가하는 실험을 진행했습니다. 첫 번째 집단은 방 한쪽에 차단 장치를 설치해서, 이 차단 장치를 건드리면 전기 충격이 멈추게 했습니다. 처음에는 전기 충격에 힘들어했지만, 우연히 차단 장치가 있다는 것을 알게 되고 반복적인 학습이 일어나니 전기 충격이 오자마자 차단 장치를 눌렀습니다. 두 번째 집단은 아무런 차단 장치 없이 철창에 가두었습니다. 전기 충격이 가해지면 속수무책으로 그 고통을 받아들여야 했습니다. 마지막 세 번째 집단은 충격을 가하지 않

은 채 철창에 가두었습니다.

24시간이 지난 후, 이제 실험 조건을 바꿨습니다. 이번에는 높은 울타리를 제거하고 충분히 뛰어넘을 수 있는 낮은 울타리 안에 가두었습니다. 그리고 전기 충격을 가하자 첫째, 셋째 집단의 개들은 울타리를 뛰어넘어 안전한 곳으로 피했습니다. 하지만 두 번째 집단의 개들은 여전히 꼼짝하지 않고 고통을 고스란히 받아들입니다.

학습된 무기력의 무서움을 보여줍니다. 피할 수 없는 상황이 반복되면 지레 포기하고 마는 것입니다. 우리도 피할 수 없는 상황이라고 단정 짓는 무기력의 상황에서 얼른 벗어나야 합니다. 우리가 고통을 감내하며 살아가고 있는 현실이 이 실험장과 같다면 우리는 실험에 참여한 개와 다를 바 없습니다. 고통에 길들여지는 것이 무기력을 학습하는 것입니다. 자신에게 주어진 것이 반복적이고 무의미한 노동만이 아님을 자각하는 것이 이 무기력에서 벗어나는 길일 것입니다.

자신에게 주어진 일 때문에 너무 힘들다는 분을 자주 보게 됩니다. 이런 분들의 공통점은 모든 것을 '일'이라고 생각한다는 것입니다. 직장에서 하는 것도 '일', 집에서 하는 것도 '일', 친구 만나는 것도 '일'입니다. 이렇게 많은 일을 반복적으로 하고 있으니 힘들지 않겠습니까? 그러면서 꼭 '일'이라고 생각해야 할까 싶었습니다.

직장은 우리 가족이 함께 생활할 수 있도록 재정을 도와주는 곳이고, 가정은 사랑으로 행복을 느낄 수 있는 곳입니다. 따라서 일이 아니라 내 삶에 기회를 제공하는 장소, 행복으로 나아가는 장소로 생각하면 일상이 무기력으로 점철되지는 않지 않을까요?

발명왕 토머스 에디슨은 "나는 평생을 하루도 일하지 않았다. 그것은 모두 재미있는 놀이였다"라고 말합니다. 일이라 생각하지 않고 놀이라고 생각하니 평생 발명에 몸 바칠 수 있었던 것입니다.

한번 생각해보십시오. '일'을 떠올리면, 동시에 따라오는 것이 무엇입니까? '쉬고 싶다'가 아닐까요? 그러나 '놀이'를 떠올리면, 동시에 따라오는 것이 없습니다. 굳이 있다고 한다면 '계속'이 아닐까요? 즉, 계속 놀고 싶다는 것이지요.

자신이 하는 것을 '노동으로서의 일'이라는 프레임에 가두어서 자신을 제한해서는 안 됩니다. 일보다는 창조적인 놀이로 지속하고 싶은 무엇이 될 수 있도록 해야 합니다.

방해의 덫

사랑할 수 있다는 것은
모든 것을 할 수 있다는 뜻이다.
안톤 체호프 _러시아의 소설가 겸 극작가

이상하게도 졸음이 계속 몰려옵니다. 읽고 있는 책이 지루한 것도 있겠지만, 너무 일찍 일어나서 그런 것 같기도 합니다. 그래서 창문이라도 열어 환기를 시키려고 창문을 가리고 있었던 블라인드를 걷었습니다. 그 순간 창밖으로 보이는 풍경을 정면으로 마주할 수 있었습니다. 하늘이 너무나 예뻤고, 그 하늘을 향해 뻗어있는 세 그루의 은행나무는 멋진 조화를 보여주었습니다.

평상시 햇빛이 들어온다고 블라인드로 가리고 있었던 창문이었습니다. 이 블라인드를 걷어내고 나니 평상시 쉽게 볼 수 없었던 풍경을 비로소 볼 수 있게 됩니다. 행복했습니다. 이 행복을 그동안 누가 막고 있었던 것일까요? 블라인드를 친 사람이 저였으니 당연히 저입니다. 행복을 스스로 가리고 있던 '나'였습니다.

지금 행복을 스스로 가리고 있는 것은 아닙니까? 만족을 가리는 '방해의 덫'이 나 스스로 만든 것이라면, 내 삶 속에 그런 덫들이 곳곳에 숨겨져 있을지도 모릅니다.

자신이 지금 하는 일에 대해 만족하지 못하는 사람은 자신에게 다음 두 가지 질문을 해봐야 합니다.

첫째, 이 일을 왜 하는가?

자신에게 늘 내놓는 뻔한 답 말고, 더 깊이 들어가기 위해 계속 생각해야 합니다. 무엇보다 자신에게 솔직해야 합니다.

둘째, 계속 이대로 산다면 어디로 갈 것 같은가?

단순히 미래에 대한 엉성한 개념 말고, 땅에 발을 딛고 서서 지금 사는 대로 살면 당신은 어디에 이를지 스스로 질문하고 답을 찾아보십시오. 무엇보다 이 질문과 답변은 구체적이어야 합니다. 이렇게 파고들어야만 자기 방해의 덫에서 풀려날 수가 있습니다. 사실 내 삶을 방해하는 것은 늘 소소한 것들이었으며, 그 원인을 제공한 것도 나 자신이었을 가능성이 큽니다. 단지 편의적으로 또 본능적으로 내 삶을 방해하는 것들은 전부 내 밖에서 온다고 생각할 따름입니다.

내가 원하는 것을 요구하면서 실제로는 정반대의 행동 패턴을 따르고 있지는 않습니까? 계속 질문하다 보면 내 안에서 발견되는 분명 있을 것입니다. 그때 내 앞을 가리고 있는 것을 걷어낼 수 있는 용기와 지혜가 필요합니다.

비교는 이제 그만

꿈은 현실보다 더 진짜일 수 있어.
왜냐면 네 안에 있는 거니까. 네 거니까.
로렌차 젠틸레 _이탈리아의 작가

"신부님, 제 딸 때문에 걱정이에요."

"왜요?"

"아직 시집도 가지 않았는데, 살이 얼마나 쪘는지 몰라요."

체중과 결혼이 무슨 연관이 있나 싶었습니다. 그래서 딸의 직업을 물었지요. 웹 디자이너라고 합니다. 직업 또한 체중과 관련이 있어 보이진 않았습니다.

"딸도 성인인데 스스로 필요하다고 생각하면 살을 빼겠지요."

"그만큼 자기 관리를 못 한다는 거 아니겠어요. 그런 정신으로 직장생활을 제대로 할 수 있겠냐고요?"

연예인이 살찌면 엄청난 댓글이 붙는다는 말을 들었습니다. 자기 관리를 못 한다, 프로 의식이 없다는 식의 댓글 말입니다. 그러나 배우는 연기 잘하는 것이 중요하고, 가수는 노래 잘하는 것이 중요할 뿐입니다. 체중은 자기 건강을 잃지 않는 한 아무런 문제가 없습니다. 다이어트가 자기 관리라고 여기는 것은 잘못입니다.

그보다 자신의 정신을 제대로 관리하지 못하는 것이 더 큰 문제가 아닐까요? 부정적인 생각, 남을 판단하고 단죄하는데 더 많은 신경을 쓰고 있는 것, 여기에 물질적인 것만 최고로 여기는 욕심과 이기심의 마음을 버리지 못하는 것이 진정으로 자기 관리를 못 하는 것입니다.

페이스북, 인스타그램 등의 소셜 미디어를 많은 이들이 사용하고 있습니다. 그리고 그 안에 자신의 일상을 사진에 담아서 올리고 있습니다. 그런데 그 누구도 여기에 자신의 나쁜 것은 올리지 않습니다. 자신의 좋은 일상만을 올리고 있지요. 연인과 싸우는 모습, 돈이 없어서 힘들어하는 모습, 시험을 망쳐서 괴로워하는 모습 등을 올리지 않습니다. 그래서 이 좋은 모습을 보고서 부러워하는 사람이 많습니다. 나는 이렇게 힘들어하는데, 세상의 사람들은 모두 편하고 많은 것을 누리면서 사는 것처럼 보입니다.

그렇다면 소셜 미디어의 모습은 그 사람 삶의 몇 퍼센트에 해당하는 것일까요? 크게 잡아봐야 아마 5퍼센트 정도에 불과할 것입니다. 따라서 소셜 미디어의 모습을 보고서 누군가를 부러워하고 있다면 겨우 5퍼센트를 보고서 부러워하고 있는 것입니다. 더군다나 그 사람의 가장 좋은 모습이 겨우 밥 먹는 것, 차 마시는 것, 옷

입는 것 등이라고 한다면, 정말로 나와 비교하면서 부러워할 것도 아닙니다.

어렸을 때 있었던 일이 생각납니다. 학교에서 가정통신문을 나눠주었습니다. 이 가정통신문 안에는 부모님의 직장을 적게 되어 있었고, 사는 집의 형태, 또 집에 있는 가전제품을 표시하는 항목도 있었습니다.

만약 지금 이런 가정통신문이 온다면 난리가 날 법도 하겠지만, 당시에는 아무런 문제도 없었고 또 친구의 가정 상태도 전혀 궁금하지 않았습니다. 다 비슷하게 어렵게 산다고 생각했기 때문입니다. 그래서 모두가 다 친했습니다.

그때와 달리, 지금은 남과의 비교가 너무나 익숙한 사회로 보입니다. 다른 사람과의 비교를 통해 자신의 불행을 합당하다고 여기는 것만 같습니다. 그러나 비교보다 중요한 것은 있는 그대로를 인정하는 것입니다. 즉, 고유한 나와 고유한 타인을 떠올리며 인정하고 받아들이는 것입니다. 자신의 행복을 갉아 먹는 비교는 피해야 합니다.

'비교는 기쁨을 훔쳐 가는 도둑이다'라는 말이 있습니다. 미국 역사상 가장 공적이 많은 대통령으로 알려진 테디 루즈벨트의 말입니다. 누군가와 비교하려 할 때, 그래서 나의 자존감을 떨어뜨리려고 할 때 이 말을 떠올리려고 노력합니다.

학창 시절에는 남과 비교를 많이 했습니다. 공부 잘하는 아이,

운동 잘하는 아이, 특별한 능력을 갖추고 있는 아이 등등…. 저보다 더 나은 아이가 많았고 그러면서 남과 비교하는 횟수도 늘어만 갔습니다. 하지만 그럴수록 제 안의 기쁨도 사라지는 것입니다.

사실 비교할 필요가 없습니다. 그냥 있는 그대로의 모습을 인정하면 그만입니다. 내가 비교해야 할 것은 과거의 나와 지금 내가 할 수 있는 일뿐입니다. 그 외의 비교는 기쁨을 훔쳐 달아나 현재를 힘들게 만들 뿐입니다.

세상의 것들은 조금만 더 생각해보면 그렇게 부러워할 것도 아닙니다. 세상이 주는 것들은 순간의 만족만을 위한 것이기 때문에, 진짜 나의 모습을 만들어주지 못합니다. 그러므로 세상의 모습을 부러워할 것이 아니라, 나의 행복을 찾는 것이 중요합니다. 가짜의 내 모습을 만드는 것보다 진짜의 내 모습을 찾아서 당당한 내가 되어야 할 것입니다. 겉으로 보이는 것보다 보이지 않는 마음을 아름답고 또 멋지게 만드는데 힘을 기울여야 합니다. 가장 중요합니다.

지속 가능한 성장

진정한 사랑은 영원히 자신을 성장시키는 경험이다.

스캇 펙 _미국의 정신과 의사이자 베스트셀러 작가

작가마다 글을 쓰는 습관이 다양합니다. 어떤 작가는 밖에서 열쇠로 잠가서 방에서 나가지 못하게 하고, 벌거벗은 상태로 있어서 나가지 못하고 글만 쓰는 작가도 있습니다. 썩은 사과를 서랍에 넣어두고서 글 쓰는 것이 막혔을 때 냄새로 자극받는 작가도 있고, 어떤 작가는 글이 안 써질 때 수학 문제를 푼다고 합니다.

저도 부족하지만, 책을 여러 권 출판했기 때문에 작가 언저리에 있다고 말할 수 있을 것 같은데, 저만의 글 쓰는 습관은 없는 것 같습니다. 굳이 있다면 어떻게든 계속해서 글을 쓰려고 한다는 것 정도입니다. 그런데 저의 이 말을 듣고서, 어떤 작가분이 이런 말씀을 하시더군요.

"작가들이 다양한 집필 습관을 지니고 있지만, 모든 작가의 공통점이 하나 있습니다. 그것은 '계속 썼다'라는 것입니다."

어떤 상황에서도 글을 쓰는 꾸준함이 아름답고 멋진 글이 나오게 하는 가장 큰 요인이었던 것입니다.

우리나라는 세계에서 유례를 찾아보기 힘들 정도로 경쟁이 치열한 나라입니다. 그러다 보니 한창 놀아야 할 어린이까지 이 경쟁의 무대에 올라가서 늦은 시간까지 공부하고, 각종 학원을 섭렵합니다. 신부가 되고 얼마 안 되었을 때, 서울에서 어떤 교육을 받은 적이 있습니다. 그때 강사는 이런 말을 했습니다.

"세상은 2등을 기억하지 않습니다. 1등만이 기억되고 살아남았습니다."

이 강사는 당시 유명한 컴퓨터 잡지의 사장이었고, 실제로 이 잡지는 업계에서 항상 1등이었습니다. 그런데 이 잡지를 20년이 지난 지금 기억하는 사람이 거의 없습니다. 몇 년 뒤에 폐간되었기 때문입니다. 하지만 당시 2등이었지만 사람들이 아직도 기억하는 잡지가 있습니다. 왜냐면 지금도 출판되고 있기 때문입니다.

2등도 기억됩니다. 또 2등도 살아남습니다. 1등만이 최고라 생각하는 경쟁의식이 중요한 것이 아니라, 얼마나 오래 그리고 꾸준한가가 중요합니다.

희망을 선택하세요

희망은 좋은 소식이 나쁜 소식보다 우세한지
계산하는 데서 오는 것이 아니다.
희망이란 그저 행동하겠다는 선택이다.

애너 라페 _'작은 행성 기금'의 공동 설립자

"신부님! 저는 열등감도 많이 느끼고요, 살면서 무력감과 초라함도 많이 느낍니다. 이럴 때 어떻게 해야 하나요?"

조금의 열등감 없이 이 세상을 사는 사람이 있을까요? 그런 사람은 없습니다. 약간의 열등감은 누구나 가지고 있으며, 자신에 대해 무력감을 느끼고 스스로가 초라하다고 생각하는 분들이 너무나 많습니다. 따라서 이런 마음을 가지고 있다고 자존감이 약하다고 말할 수는 없을 것 같습니다. 어느 심리학자가 했던 말이 기억납니다.

"건강한 자존감은 부정적인 마음이 없는 게 아니라, 부정적인 마음에 오래 머물지 않는 것입니다."

공감이 갑니다. 부정적인 마음이 없는 상태란 있을 수 없습니다. 그보다는 그런 부정적인 마음에 오래 머물지 않는 것이 중요합니다. 자신이 원하는 것이 채워져야 부정적인 마음이 없어지는 것이 아닙니다.

스포츠 방송 진행자인 메간 버나드(Megan Barnard)는 아름다운 외모를 가지고 있지만 한 가지 남과 다른 모습을 가지고 있습니다. 그것은 한쪽 다리가 비정상적으로 부어 있다는 것입니다. 평범한 소녀 시절이었던 15세에 나타난 증상으로 병원에서는 '림프부종'이라고 진단했습니다. 반 친구들은 그녀를 놀렸고, 한참 민감했던 나이이기에 극단적인 선택까지 하려고 했습니다. 이렇게 단절의 시간을 9년 동안 보냈을 때, 그녀는 완전히 다른 선택을 하기로 합니다. 다리를 감추는 것에서 드러내는 삶을 선택합니다. 감추고 싶었던 다리를 당당히 드러내는 모델이 되어 사진 촬영을 하고, 더 나아가 스포츠 방송 진행의 영역까지 활동 반경을 넓혔습니다. 자신을 사랑하는 용기 있는 선택이 자신의 역할이 무엇인지를 알게 해준 것입니다.

전라북도 고창 출신 석전 황욱 선생은 붓을 손바닥으로 잡고 붓의 맨 윗부분을 엄지손가락으로 눌러쓰는 악필법의 창안자입니다. 왜 이런 방법으로 글을 썼을까 싶었습니다. 한 번 그렇게 펜을 잡고서 글을 써보았습니다. 도저히 잘 쓸 수가 없습니다. 원래 잘 쓰는 글씨가 아니지만, 더욱더 봐주기 힘들 정도의 글씨가 되고 말았습니다.

이렇게 글을 쓰게 된 사연을 찾아보니, 선생님께서 환갑이 넘어 수전증이 왔다는 사실을 발견할 수 있었습니다. 손이 떨리니 도저히 글을 쓸 수 없는 상황이 온 것이지요. 그러나 선생님께서는 포기하지 않고 수전증에도 상관없는 '악필법'을 개발한 것입니다.

할 수 없는 이유가 우리에게 매번 나가옵니다. 그러나 그런 이유를 극복할 때 더 큰 기쁨을 얻을 수 있는 것은 당연합니다. 그리고 이렇게 극복하는 모습을 본 누군가도 힘을 얻어서 할 수 없는 상태에서 무너지는 것이 아니라, 극복하기 위해 한 번 더 힘을 내게 됩니다. 그리고 이렇게 극복하게 되었을 때, 이제까지 체험하지 못했던 새로운 나 자신을 만나게 됩니다.

여러분은 어떤 선택을 하고 있습니까? 미움의 선택, 절망과 좌절의 선택이 아닌, 사랑과 희망의 선택을 할 수 있어야 합니다.

4

끈은

자르는 게 아니고

푸는 겁니다

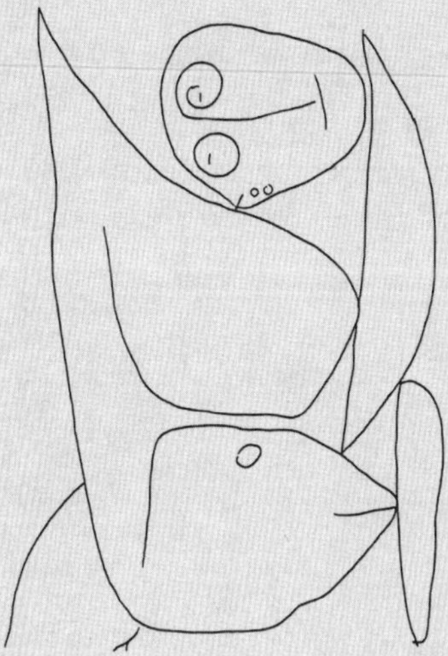

더불어 사는 마음

타인과 함께, 타인을 통해서 협력할 때에야
비로소 위대한 것이 탄생한다.

앙투안 드 생텍쥐페리 _『어린 왕자』의 작가

링겔만 효과(Ringelmann effect)라는 게 있습니다. 프랑스 농업공학자 막시밀리언 링겔만에 의해 생겨난 말로, '집단에 소속된 개인이 최대의 능력을 발휘하지 않는 현상'을 말합니다.

다수의 참가자를 모아 놓고 줄다리기 시합을 시켰습니다. 그 결과 참가자 한 명이 당긴 무게는 63킬로그램이었습니다. 그렇다면 2명이 되면 두 배인 126킬로그램이 되어야 하는데, 118킬로그램이 된 것입니다. 3명이 되었을 때는 어떻게 되었을까요? 189킬로그램도 177킬로그램도 아닌, 160킬로그램에 불과하다는 결과가 나온 것입니다. 이를 백분율로 계산하면, 1명의 경우 100퍼센트, 2명일 때 93퍼센트, 3명일 때 85퍼센트입니다.

개인이 집단에 소속되었을 때는 자기 능력을 최대로 발휘하지 않는다는 것입니다. 왜 그럴까요? '나 하나쯤이야'라는 책임 전가의 마음이 작용하기 때문입니다.

이와 상반된 사례가 눈길을 끕니다. 국가 간 축구 경기가 있었습니다. 그런데 피파 순위 세계 131위인 나라와 세계 4위인 나라가 시합한다면 어느 나라가 이길 확률이 더 높을까요? 물론 각본 없는 드라마가 스포츠 경기라고 하지만, 그래도 세계 4위인 나라가 손쉽게 이길 것으로 생각할 것입니다. 그런데 세계 131위인 나라가 이겼습니다. 이 나라는 예선에서 피파 순위 7위인 포르투갈과 비겼고, 유럽의 강호 오스트리아를 2:1로 이겼습니다. 그리고 피파 순위 4위인 잉글랜드를 16강에서 꺾는 파란을 일으켰습니다.

바로 아이슬란드 이야기입니다. 2016년 유로 남자 축구 토너먼트에서 일어난 일이었습니다. 아이슬란드는 1년 내내 빙하로 뒤덮인 화산섬으로 축구 시즌이 가장 짧고, 인구도 33만 명에 불과해서 축구를 할 수 있는 사람도 그리 많지 않았습니다. 당시의 축구 감독이 치과 의사를 겸할 정도였습니다. 더군다나 세계적인 슈퍼스타는 한 명도 없었습니다.

그런데도 파란을 일으킨 것은 단순히 운이 좋아서는 아니었습니다. 공동체의 힘이었습니다. 실제로 뛰어난 사람으로만 구성된 공동체보다 부족하지만 서로 유기적인 협조가 이루어지는 곳이 훨씬 더 생산성이 올라간다는 실험 결과도 있습니다. 즉, 개인보다 공동체가 중요하다는 겁니다.

이타주의의 역설

마음은 팔 수도 살 수도 없지만 줄 수 있는 보물이다.

플로베르 _19세기의 프랑스 소설가

영국 런던에 블랙캡이라는 택시 회사가 있습니다. 이 블랙캡 택시 기사가 되기 위해서는 런던의 도로가 너무나 복잡해서 최소 4년은 공부해야 한다고 합니다. 런던 중심가에 있는 채링크로스 역에서 반경 6마일 내에 있는 2만 5천 개의 도로와 2만 개의 랜드마크를 외우고, 이를 연결하는 경로도 모두 외워야 하기 때문입니다.

블랙캡 기사가 되기 위해 치러야 하는 훈련과 방대한 암기량이 뇌 과학자들의 관심을 사로잡았습니다. 뇌 과학자들은 기사들이 훈련을 받기 전과 받은 후를 비교해서 연구했지요. 그 결과 훈련을 받은 뒤에 기억력을 담당하는 뇌의 해마가 상당히 커졌음을 확인할 수 있었습니다. 모두 육체적 성장이 끝난 성인인데도 말입니다. 그리고 놀라운 점은 이들이 택시 기사를 그만둔 뒤에는 해마가 다시 줄어들었다는 것입니다.

성인이 되면 머리 회전이 잘 안 된다는 말씀을 많이 하십니다. 그러나 그보다는 뇌의 사용을 하지 않다 보니 뇌의 성장이 이루어지지 않는 것은 아닐까요?

우리는 세상의 모든 것들이 쓸수록 줄어든다는 산술적 이해에 익숙합니다. 그러나 모든 게 다 그런 건 아닙니다. 물질로 이루어진 것들은 그럴 수도 있겠습니다만, 사람의 정신이나 마음과 관계된 것이라면 이 계산법이 적용되지 않습니다.

경제 전문기자 토마스 람게(Thomas Ramge)가 쓴《행복한 기부》에는 색다른 계산식이 나옵니다.

'2-1=3'

산수를 할 줄 아는 초등학생도 이 등식이 잘못된 것임을 알 것입니다. 그러나 그는 이 등식처럼, 하나를 나누면 줄어드는 것이 아니라 오히려 득이 된다고 말합니다. 그래서 "이타주의는 역설이다. 남을 돕는 자는 스스로를 돕는다"라고 합니다.

남을 도울 때 괜히 손해 보는 것 같은 생각이 듭니다. 그래서 '-'가 아닌 '+'에 더 힘을 줍니다. 그러나 남을 도우면서 얻는 행복은 세상의 그 어떤 것과도 비교할 수 없습니다. 여기에 나의 사랑을 보고 다른 사람들이 동참하면서 행복의 강도는 더욱더 세지고 커갑니다.

남을 돕는 사람은 당장은 물질적으로는 손해일지 몰라도, 뿌듯한 마음으로 일상을 보내게 되고 사람까지 얻게 되니, 이는 다른 일들에도 긍정적인 영향을 미쳐 성과를 거두게 될 것입니다. 장사로 말해도 결코, 손해 보는 장사가 아닌 겁니다.

처지를 바꿔 생각해보세요

자신에 대한 존중이 우리의 도덕성을 이끌고,
타인에 대한 경의가 우리의 몸가짐을 다스린다.

로렌스 스턴 _아일랜드 출신의 성직자이자 소설가

코로나 팬데믹 전인 2019년 11월이 떠올려집니다. 정말로 숨 가쁜 하루하루의 연속이었습니다. 성지를 돌보고 꾸리는 일, 외부 강의, 원고 집필, 평화방송 라디오 진행, 그리고 신학교에서의 수업까지 해야 할 일이 너무나 많았기 때문입니다. 모든 것이 다 중요한 일이었지만, 그래도 이 중에서 특별히 중요하다고 생각하는 것이 신학교의 수업이었습니다. 교회의 미래를 담당할 신학생에게 하는 강의이기에 부담도 컸습니다. 특히 지난 11월처럼 많은 일이 겹쳐 정신없이 바쁠 땐 부담감과 함께 신학교 가기가 더욱 싫어지더군요.

그러던 차에 신학생들이 성지순례 간다고 해서 한 주 수업을 못하게 되었습니다. 물론 그다음 주에 2시간 보강을 해서 하루에 4시간을 수업했지만, 한 주 쉬는 것이 너무나 신났습니다. 아마 제게 수업을 듣는 신학생들은 모를 겁니다. 학생보다 선생이 학교 가기를 더 싫어한다는 것을 말이지요.

제가 문제 있는 것이 아닐까 싶어서 저를 가르치셨던 교수 신부님께 여쭤보았습니다.

"신부님도 수업하기 싫었던 적이 있었어요?"

"나는 매번 하기 싫었어."

당시 교수 신부님들이 이런 마음을 가지고 있으리라고는 상상도 못 했습니다. 그런데 제가 그 자리에 서보니 당시의 교수 신부님들이 얼마나 힘들었을까 싶습니다.

소설책을 읽다가 주인공이 엄마와의 여행에서 의견이 맞지 않아 힘들어하는 장면을 만나게 되었습니다. 엄마는 가격이 비싸다, 식당이 지저분하다, 쓸데없는 곳에 왜 돈을 쓰냐 등등의 잔소리를 계속합니다. 딸인 주인공은 큰맘 먹고 엄마를 위한 여행 이벤트를 진행했는데, 엄마는 계속해서 딸이 하는 일에 딴지를 거는 것입니다. 딸은 마음이 상했고 엄마와의 여행이 쉽지 않음을 깨닫습니다. 그러다가 이런 말을 남깁니다.

"엄마와 자신은 뼛속까지 완전히 다른 사람들이었다는 사실을 새삼 기억했다."

모녀 관계라도 완전히 다른 사람임을 깨닫게 되었다는 것입니다. 내 생각과 행동을 모두 이해해 줄 사람은 아무도 없습니다. 이

명백한 사실을 자주 잊어먹고 지내는 우리입니다. 나를 이해해 줄 것이라고, 나를 지지해 줄 것이라고…. 그러나 이런 생각과 반하는 모습을 마주치게 될 때, 큰 실망과 함께 분노까지도 일게 됩니다. 상대와 내가 다른 사람임을 잊어버린 것입니다.

다른 사람임을 인정할 수 있는 마음가짐이 필요합니다. 학생과 선생, 어머니와 나, 그리고 나와 너 모두 마찬가지입니다. 그리고 처지를 바꿔서 생각해봐야 합니다. 그래야 상대방의 마음을 헤아릴 수 있습니다.

끈은 자르는 게 아니라 푸는 겁니다

자유를 사랑하는 것은 타인을 사랑하는 것이다.
권력을 사랑하는 것은 자신을 사랑하는 것이다.

윌리엄 해즐릿 _19세기 초 영국의 비평가

어느 곳에 강의하러 갔다가 시간이 남아 근처 카페에 들러서 강의 점검을 하고 있었습니다. 그런데 이 카페는 특이하게도 현금을 받지 않더군요. 투명한 회계 처리를 위한 것이려니 하고 신용카드로 계산했습니다. 주문한 커피를 들고서 창가에 앉아 노트북의 화면을 보고 있었습니다. 그런데 잠시 뒤 카페 안이 시끌벅적해지는 것입니다. 어르신의 커다란 목소리가 들려 옵니다.

"왜 내 돈을 안 받겠다는 거야? 이거 돈 맞아!!"

금세 그 이유를 알 수 있었습니다. 어르신은 현금으로 계산하려 했고, 카페 직원은 신용카드 외에는 결제할 수 없다고 하니 화가 나신 것입니다. 어르신 말씀이 틀리지 않습니다. 돈이라는 게 판매자와 소비자의 합리적인 통용을 위해 생겨난 것이고 어디서든 사용할 수 있는 것인데 그것을 받지 않겠다는 것이 잘못 아닐까요? 요즘 카드만 사용할 수 있는 무인 주차장이 있긴 합니다만, 그건 어디까지나 사람이 없기 때문이겠지요. 버젓이 사람이 있는데도 돈을 사용할 수 없다는 게 어처구니없게 느껴집니다.

직원은 그저 규칙대로만 할 뿐이겠지요. 여기에 다른 직원이 어르신의 화를 더욱 돋웠습니다. 글쎄 소란을 피우면 신고하겠다는 것입니다. 어르신은 분을 못 이기는 표정이었습니다. 그래서 제가 다가가서 말했습니다.

"어르신, 여기 규칙이 그런가 봐요. 제가 어르신께 차 한 잔 대접하겠습니다."

그리고 카드로 계산하려고 하자, 어르신께서 말씀하십니다.

"네가 뭔데? 나 돈 많아!"

이렇게 말씀하시고 버럭 화를 내시며 나가셨습니다. 좋은 마음으로 다가섰지만, 할아버지의 자존심을 건드렸던 모양입니다. 사람의 마음이란 게 저마다 다르니, 아무리 좋은 마음이라 해도 상대의 마음을 아프게 할 수 있습니다. 인간관계는 정말로 어렵습니다.

끈으로 꼼꼼하게 포장된 택배가 오면 보통 가위나 칼을 찾아서 끈을 자릅니다. 그런데 어느 책을 보니 "끈은 자르는 것이 아니라 푸는 것"이라고 적혀 있었습니다. 사실 포장끈의 매듭을 풀 때면 잠깐이지만 끙끙대며 구시렁거릴 수밖에 없습니다. 가위나 칼로 자르면 편한 걸… 그렇게 생각하면서 말이지요. 하지만 끈을 그냥 자르면 쓰레기가 될 뿐이지만, 풀면 나중에 다시 사용할 수도 있습니다. 또 이런 정성을 들일수록 받은 물건이 더욱더 귀하게 느껴지기도 합니다.

인간관계도 이런 게 아닐까 생각해 봅니다. 관계는 내가 편하다고 해서 그냥 잘라버리는 것이 아니라 힘들어도 푸는 것입니다. 하나하나 풀어갈수록 관계의 소중함을 느끼게 되고, 나중에 더 좋은 관계로 발전할 수 있는 밑거름이 될 수 있는 것입니다. 실제로 이 관계를 잘라버려서 후회하는 경우가 얼마나 많습니까? 복잡하고 꼬여있는 관계는 '다시 만나지 않으면 그만이지'라는 순간의 부정적인 생각으로 관계를 싹둑 잘라버리곤 합니다. 그래서 회복의 기회마저 사라져버리게 만듭니다.

인간관계의 끈을 어떻게 하고 계십니까? 편하고 쉬운 길이 아니라, 어렵고 힘들더라도 조심히 풀어나갈 때 소중하고 기쁜 관계를 유지할 수 있습니다. 다시 한번 말씀드리지만, 끈은 자르는 것이 아니라 푸는 것입니다.

도움받을 자격

무너져 버릴 것 같은 순간마다
주위 사람이나 사물로부터 용기를 얻으면 된다.
모두 그렇게 힘을 내고 살아간다.

오쿠다 히데오 _일본의 소설가

언젠가 식당에 갔다가 우연히 보게 된 장면이 생각납니다. 이 식당은 신발을 벗고 들어가는 곳으로, 식사를 마치고 나올 때 한 꼬마 아이가 신발장 앞에서 가만히 서 있는 것을 보게 되었습니다. "왜 그러니? 뭘 도와줄까?"라고 묻자, 아이는 "신발…"이라고 간단히 말합니다. 혼자 신발을 신을 수가 없어서 신발 신겨줄 부모를 기다리고 있었나 봅니다.

아이를 보면서, '나도 저랬겠지?'라고 혼잣말을 해 봅니다. 누군가의 도움으로 신발을 신을 수 있었고, 누군가의 도움으로 옷을 입었을 테고, 또 누군가의 도움으로 대소변 처리도 했을 것입니다. 아주 기본적이고 쉬운 것도 도움을 받아야만 했겠지요. 그런데 사람들은 어느 순간 이런 사실들을 잊어버립니다. 마치 태어나는 순간부터 모든 것에 능숙했던 것처럼, 그리고 누군가의 도움 없이 지금까지 성장해 온 것처럼 착각합니다. 그래서 감사하는 마음을 품지 못하고 이기적이고 욕심 많은 모습을 살아가는 것입니다.

어느 회사의 한 여직원이 퇴근 시간이 거의 다 되어 재고 파악을 위해 냉동창고에 갔습니다. 그래야 다음날 업무에 지장이 없기 때문이지요. 한참 재고 조사를 하고 있는데 갑자기 냉동창고의 문이 닫히고 만 것입니다. 이 문은 창고 밖에서만 열 수 있는 구조라서 안에 있는 자신은 도저히 열 수가 없었습니다.

사람들이 모두 퇴근하고 없는지 창고 안에서 아무리 소리를 쳐도 누구 하나 와서 문을 열어 주지 않습니다. 영하 25도, 점점 추위를 참기가 힘들었고 '이대로 죽는구나'라는 생각에 저절로 눈물이 나왔습니다. 바로 그 순간, 냉동창고의 문이 열린 것입니다. 회사의 경비 아저씨가 문을 열어준 것이었습니다.

극적으로 구출된 이 여직원은 경비 아저씨가 어떻게 자신이 여기에 있는 줄 알았는지 궁금해서 물었습니다. 그러자 이렇게 말씀하십니다.

"이 회사에서 저에게 출퇴근 시간에 유일하게 인사를 건네는 사람이 바로 당신이었습니다. 분명 오늘 아침에 인사를 나눴는데, 저녁에 당신을 보지 못한 것입니다. 혹시 무슨 일이 생겼나 걱정이 되어서 돌아보다가 냉동창고 안에 갇힌 당신을 찾은 것입니다."

우리는 누군가의 도움을 받을 것을 예상하고 행동하는 경우가 많습니다. 그러나 그렇다고 해서 결정적 순간에 필요한 도움을 받을 수 있는 건 아닙니다. 내가 누군가에게 도움을 줄 수 있을 때, 사랑을 나눠줄 수 있을 때 애써 실천하는 사람만이 누군가의 도움이 절실한 순간에 도움을 받을 수 있는 게 아닐까요? 저는 그렇게 믿고 있습니다.

웃음은 부메랑처럼

웃음은 전염된다. 웃음은 감염된다.
이 둘은 당신의 건강에 좋다.
윌리엄 프라이 _웃음 치료를 연구한 의학자

아이를 보면 웃는 모습을 자주 발견하게 됩니다. 그래서 어린이를 대상으로 한 강론은 그렇게 어렵지 않습니다. 약간의 웃음 코드만 맞춰주면 아이들은 쉽게 강론에 몰입하기 때문입니다.

아이들은 왜 이렇게 잘 웃을까요? 아이들이 도대체 얼마나 웃을까가 궁금했는데, 어느 책에서 아이는 하루에 이삼백 번이나 웃는다는 연구 결과를 보게 되었습니다. 그렇다면 아이를 키우는 부모는 하루에 웃는 모습을 그만큼 볼 수 있다는 것입니다. 그래서 아이를 통해 행복을 느낀다고 말씀하시는 것이 아닐까요?

어른이 되어가면서 우리는 점점 웃음을 잃어갑니다. 인상 쓸 일들이 많아지면서 얼굴에 형편없는 주름들이 하나둘 늘어갑니다. 코로나바이러스가 세상을 뒤덮고 있었던 코로나 팬데믹으로 인해 더 웃을 일도, 웃음을 대할 일이 없습니다. 그러나 그 이유들이 합당하다고는 말할 수 없습니다. 웃음이란 게 우리가 어릴 때부터 몸으로 익혀온 것이며, 우리의 심성 안에 내재되어 있기 때문입니다. 그런데 성인이 되면서 왜 웃음을 잃어갈까요? 그만큼 현재의 삶에 만족하지 못하기 때문입니다.

한 언론사의 조사 결과에 의하면, 하루에 한 번 웃으면 행복지수가 50.74점이었으나, 여섯 번 이상 웃으면 65.86점에 이른다고 합니다. 사랑 표현도 하루 두 번에서 다섯 번 할 때 행복지수가 61.07점까지 올라갔습니다. 한 번도 안 할 경우는 50.76점에 그쳤습니다.

웃는 것만으로도 또 사랑을 표현하는 것만으로도 행복지수는 올라갑니다. 그렇게 어려운 것도 아닙니다. 부정적인 생각들을 간직하다 보니, 웃지도 또 사랑 표현도 하지 않게 된 것뿐입니다. 이는 결국 스스로 만족하지 못하는 결과를 줄 뿐입니다.

어렸을 때부터 쭉 해오던 행복을 담은 말과 행동을 어른이 되었다고 멈춰서는 안 됩니다. 더 웃고, 더 사랑하면서, 더 행복한 '나'가 되어야 합니다. 웃음은 웃음으로 자신에게 되돌아온다는 점을 떠올리며, 웃음을 잃지 않고 살아가는 게 나 자신을 위해서도 필요합니다.

칭찬에 고래가 춤출까

얼마나 많이 주느냐보다
얼마나 많은 사랑을 담느냐가 중요하다.

마더 데레사 _인도의 로마가톨릭교회 수녀

어떤 분이 실수로 회사 동료의 바지에 콜라를 쏟았습니다. 너무 미안해서 어쩔 줄 몰라 하며 "어떻게 해요? 엉덩이까지 홀딱 젖었어요"라고 말하자 회사 동료는 이렇게 말했다고 합니다.

"괜찮아요. 엉덩이가 조금 더 달콤해졌을 뿐이에요."

바지에 콜라를 쏟은 사람은 이 회사 동료를 앞으로 어떻게 볼까요? 이제까지 보았던 모습과는 전혀 다른 모습이 보였을 것입니다. 만약 자기 바지에 콜라를 쏟았다고 버럭 화를 낸다면 좋은 감정을 갖기는 힘들었을 것입니다. 화내지 않고 넘어가기 힘든 상황에서도 유머로 넘기는 모습에서 좋은 감정을 갖게 되는 것이지요. 아마 얼굴을 마주칠 때마다 배려심으로 가득했던 그때의 표정을 떠올리게 될 겁니다.

며칠 전, 성지를 방문한 자매님으로부터 자기 본당에 찾아온 손님 신부님의 이야기를 들었습니다. 강론하시는데 본당 신부님을 계속 칭찬하더라는 것입니다. 이 순간 누가 다르게 보였을까요? 칭찬의 대상인 본당 신부님이 아니라, 칭찬하는 손님 신부님이었을 겁니다.

초등학교 때, 집이 이사해 다니던 학교를 옮겨야만 했습니다. 갑작스럽게 바뀐 환경은 너무나 어색했고 누구와도 어울리기 힘들었습니다. 이런 저를 눈치채셨는지, 담임 선생님께서는 늘 관심을 써주셨고 이야기도 많이 해주셨습니다. 선생님 덕에 학교에 빨리 적응할 수 있었고 많은 친구도 사귈 수 있었습니다.

그러던 어느 날, 담임 선생님이 다른 학교로 전근 가신다는 것입니다. 마지막 인사하는 날, 펑펑 울었습니다. 학년이 올라가면 자연스럽게 선생님을 만날 수 없는데도, 헤어짐 그 자체가 너무나 슬펐던 것 같습니다. 그때 선생님께서 제게 이런 말씀을 해주셨습니다.

"명연이는 산수와 과학을 잘하니까 커서 훌륭한 과학자가 될 거야."

이 말씀을 들은 뒤, 제게 제일 자신 있는 과목은 산수와 과학이 되었습니다. 좋아하던 선생님이 인정해주었던 탓에 더욱 애착이 갔기 때문입니다. 물론 선생님 말씀처럼 과학자가 된 건 아니고 이렇게 신부가 되었지만 말입니다.

그 뒤로 선생님을 만난 적이 한 번도 없습니다. 그래서 선생님의 얼굴이 또렷이 기억나지 않습니다. 당장 길에서 마주친다 해도 선생님을 알아보지 못할 수도 있습니다. 벌써 40년도 더 지난 일이지만, 그래도 선생님의 목소리만은 생생히 제 기억 속에 남아 있습니다. 제게 힘을 주었던 목소리, 따뜻한 마음의 손길이 중년에 들어선 지금도 잊히지 않습니다.

칭찬은 고래도 춤추게 할 수 있다고 합니다. 그게 정말인지는 고래를 만나본 일이 없어 모르겠습니다만 그럴 수도 있겠다는 생각이 듭니다. TV에서 어떤 사람이 커다란 고래와 같이 수영을 하는 장면을 본 일이 있습니다. 고래는 전혀 위협적이지 않았고 오히려 즐기는 것 같았습니다. 헤엄을 친다기보다 사람과 물놀이를 하는 것만 같았습니다. 고래와 수영을 하는 사람은 이따금씩 고래를 보며 쓰다듬어 주었을 뿐이었습니다. 그러니 춤을 추는 것도 가능하지 않겠습니다. 하물며 고래도 이럴진대 그 대상이 사람이라면 더 말할 나위도 없을 것입니다. 칭찬은 한 사람의 운명을 송두리째 바꿀 수도 있습니다.

불행은 전염되지 않습니다

사랑, 연기 그리고 기침은 숨길 수 없다.

안톤 체호프 _러시아의 소설가 겸 극작가

코로나바이러스 대유행으로 사회가 시끄러웠습니다. 모든 바이러스는 주변을 전염시키지만, 특히 코로나바이러스는 전염력이 높아 더욱 심각합니다. 따라서 잘 모르는 사람이 옆에서 기침만 해도 경계하면서 그 자리를 떠나지요. 혹시라도 전염될까 싶어서입니다. 물론 그럴 가능성이 작지 않습니다. 확진자의 동선에 있는 가게는 사람을 찾아보기 힘들 지경이 되기도 했습니다. 역시 전염의 위험이 있다고 생각했기 때문입니다.

이렇게 실제로 전염되는 바이러스 균을 피해야 하는 것은 당연합니다. 그런데 우리는 다른 이의 불행까지도 전염될지 모른다는 불안감에 휩싸여 있는 것만 같습니다. 불행에 빠진 사람에 대해 안타까움은 가지고 있지만, 가까이하려고 하지 않습니다.

타인의 불행은 전염병이 아닙니다. 대화하거나 악수하고 또 같은 공간에 있다고 해서 옮지 않습니다. 그런데도 멀리하는 이유는 자신도 이 불행의 처지에 함께 할 것이라는 두려움 때문일 것입니다. 그래서 불행에 빠진 이들을 더 힘들게 하고 아픔과 상처를 주기도 합니다.

사실 아픔에 함께하면 힘들어하는 이에게 큰 위로가 되고, 본인 역시 성장하게 됩니다. 나약한 존재이고 아무것도 할 수 없다고 생각했지만, 함께하는 것만으로도 힘이 될 수 있으며 그래서 자신의 자존감이 성장합니다. 불행은 절대 전염되지 않습니다. 사랑으로 함께해서 불행을 줄이는 백신이 내 안에 있음을 잊지 말아야 하겠습니다.

코로나 팬데믹을 겪으며 자연의 질서 속에서 우리가 얼마나 나약한 존재인가를 확인했습니다. 의료기술의 발전으로 우리를 위협하는 질병들을 대부분 통제할 수 있으리라는 건 환상에 불과합니다. 코로나바이러스처럼 아직 원인조차 확인되지 않는 질병들이 무수히 많거니와 또 새로 생겨나기도 하기 때문입니다.

세계보건기구가 21세기 최대의 위험으로 지목한 병이 무엇일까요? 암이나 에이즈가 아닙니다. 바로 직업에서 느끼는 스트레스로, 번아웃 신드롬 혹은 탈진 증후군이라고 불리는 증상입니다. 이 증상은 자신의 모든 에너지를 일에 탕진한 나머지 정작 자기 삶을 위해 쓸 수 있는 기운이 남아 있지 않은 상태를 말합니다.

모든 의욕이 사라지고, 기분은 점점 나빠지고, 모든 것들이 공허해지면서 부정적인 마음으로 가득해집니다. 그러다가 자신의 존재에 대해서조차 무관심해지며 생기를 잃어가게 되는 것입니다.

이런 상태가 오는 것은 신체가 나를 향해 보내는 구조 신호라고 합니다. 이를 무시하고 '조금 더 열심히 하자'라며 노력을 더 해야 할 때라고 생각하는 것은 옳은 대응법이 아닙니다. 이 순간 내가 해야 할 일은 더 노력하는 것이 아니라, 잠깐 뒤로 물러나 원인을 살피고 삶을 재정비하는 것입니다. 앞으로, 오직 앞으로 돌진하는 게 나 자신, 우리 모두에게 덫이 될 수도 있음을 기억해야 할 것입니다.

함께하는 힘

사랑이란 세상에서 가장 다정한 꿈을,
가장 내밀한 희망을, 가장 깊은 두려움을 함께 나누는 것이다.

토마스 쿡 _잉글랜드의 기업인

미국의 콜롬비아대학에서 다음과 같은 실험을 했습니다.

이동식 칸막이가 설치되어 있는 밀폐된 공간에 한 곳은 딱 한 명만, 다른 곳은 두 명이 들어갈 수 있도록 했습니다. 그리고 잠시 후에 시험이 시작되면, 절대로 이동식 칸막이 밖으로 나오면 안 된다고 확실하게 말해 두었습니다.

잠시 뒤, 이동식 칸막이 건너편에서 한 여성이 심하게 넘어지는 소리가 들리는 것입니다. 그렇다면 이동식 칸막이 안의 사람은 어떤 반응을 보였을까요? 혼자 들어간 곳의 사람은 단 7퍼센트만 도움을 주기 위해 밖으로 나왔습니다. 그러나 둘이 들어간 곳은 분명히 밖으로 나와서는 안 된다는 이야기를 기억하고 있었음에도 자그마치 70퍼센트 이상이 도움을 주러 밖으로 나왔습니다.

이 실험을 통해 혼자서 하는 사랑의 실천이 얼마나 어려운 것인가를 알 수 있습니다. 그러나 누군가 옆에 있을 때는 혼자서 할 수 없는 일도 서로에게 동기부여가 되고 용기를 불어넣어 사랑을 실천할 수 있음을 또한 알게 됩니다.

우연히 텔레비전을 보다가 국제 뉴스의 한 장면과 마주쳤습니다.

프랑스의 어느 아파트에 불이 났습니다. 3층 난간 안쪽에는 시커먼 연기와 새빨간 불꽃이 솟아오릅니다. 그리고 창가에는 세 살, 열 살 먹은 아이가 구조를 기다리고 있습니다. 불의 크기는 점점 커져 오고, 구조대는 오지 않은 상황이었지요.

이 안타까운 상황을 보고 있었던 창가 아래에 있던 주민들이 아이들을 향해 "뛰어내려!"를 외치고 있습니다. 뛰어내리면 아래에서 받아주겠다는 말과 함께 말이지요. 잠시 뒤에 아이들은 뛰어내렸고, 주민들은 아이를 안전하게 받아서 구조했습니다. 이때 아이를 받아낸 주민 두 명이 팔이 골절되었습니다. 아무리 아이라 해도 3층이면 12미터 높이니까 위험할 수밖에 없습니다. 그런데도 자기 몸이 다치는 것도 두려워하지 않고 아이를 구했습니다.

극한 상황에서 12미터 아래로 몸을 던진 아이도 대단합니다. 어른들이 받아준다고는 하지만, 그 높은 곳에서 뛰어내리기란 쉽지 않았을 것입니다. 그런데도 뛰어내렸던 이유는 밑에서 받아주겠다는 어른들의 말을 믿었기 때문입니다. 그리고 주민들도 그 믿음에

응답했습니다. 혼자서는 절대 할 수 없는 일이었지요. 그러나 사람들은 서로에 대한 신뢰와 용기를 가지고 아이를 받아내려 했던 겁니다. 결국 함께할 수 있었기에 '사랑의 승리'라 할 수 있는 장면을 연출할 수 있었던 거지요.

겸손의 미덕

자신의 능력을 숨길 수 있는 것은 대단한 능력이다.

프랑수아 드 라로슈푸코 _17세기 프랑스의 작가

신부가 되고 나서 제일 힘들었던 점은 미사를 봉헌하는 것도 또 강론하는 것도 아니었습니다. 물론 그 일이 쉽다는 것은 아닙니다. 어느 신부님께서는 "미사 강론만 없어도 신부로 사는 것 정말 할 만해"라고 하시더군요. 하지만 저의 경우는 어떤 체험을 한 후 큰 고민을 할 수밖에 없었습니다. 즉, 타인의 고통을 어떻게 위로해 줄 수 있는가였습니다.

서품받고 보좌신부로 첫 본당에 나가서 얼마 안 되었을 때였습니다. 아주 이른 새벽에 사제관 전화가 울렸습니다. 어머니께서 갑작스럽게 쓰러지셨다며 병원에 와서 병자성사를 달라는 것이었습니다. 곧바로 병원에 가서 병자성사를 드렸습니다. 그런데 곧바로 선종하신 것입니다. 당황스러웠습니다. 마치 저 때문에 돌아가신 것만 같았습니다.

어머니의 죽음 앞에 오열하는 자녀들을 어떻게 위로를 해야 할지, 나 자신이 너무나 무력하게 느껴졌습니다. 아무런 말도 할 수가 없었습니다. 하느님의 사랑을 어떻게 전해줘야 할지를 도저히 알 수가 없었습니다.

아침 식사하면서 주임 신부님께 새벽에 병자성사를 주고 왔다는 것과 함께, 저의 고민을 말씀드렸습니다. 그때 신부님께서는 이렇게 대답해주시더군요.

"인간의 위로는 그렇게 대단하지 않아. 진정한 위로는 하느님만 가능한 것이지. 네가 할 수 있는 것은 병자성사 주는 것까지야."

인간은 대단하지 않습니다. 그러나 스스로 대단하다고 생각하는지 자기 칭찬하느라 바쁜 사람들이 많습니다. '나는 다른 인간들과 다르다!'라면서 사람들에게 이야기합니다. 그러나 솔직히 자기 자랑을 일삼는 사람이 존경받는 경우는 거의 없습니다. 그것도 남과의 비교를 통해 자신을 인정받으려는 모습은 사람들의 눈살을 찌푸리게 할 뿐입니다. 다른 이에게 모범이 되는 행동을 했어도 그 행동 자체의 의미가 자기 과시를 통해서 사라지게 됩니다.

의사를 찾아간 환자가 자기 자랑만 하고 있다면 또 남의 상처만 이야기한다면 제대로 치료가 될 수 있을까요? 환자는 오로지 자신의 아픈 상처만을 온전하게 드러낼 수 있어야 합니다.

먹어도 좋은 욕

삶의 의미를 찾은 자는
그 어떠한 상황에서도 흔들리지 않는다.
프리드리히 니체 _19세기에 활동했던 독일 철학자

외국인이 한국에서 와서 가장 놀라는 것은 사람들이 함부로 남의 물건을 훔치지 않는 것이라고 합니다. 카페에서 음료를 주문한 뒤에 찾으러 갈 때, 자기 자리에 노트북과 가방을 그냥 두고서 간다는 것입니다. 심지어는 작고 값비싼 스마트폰까지도요. 다른 나라에서는 상상도 못 할 일이라고 합니다. 또 누구나 친절한 것, 저렴한 외식과 무료 화장실, 인터넷, 그 밖에도 편리한 대중교통과 재미있는 밤 문화에 놀랐다고 이야기합니다. 그래서 한국은 항상 빠르게 발전하는 나라라고 표현합니다.

하긴 이렇게 편하고 빠른 것들을 누리다가 외국에 나가서 답답함을 느낄 때가 참 많았던 것 같습니다. 그만큼 우리나라의 발전 속도가 빠른 것이지요. 그러나 그 안에 살고 있으면 자신이 어떤 변화

속에 살고 있는지, 어떤 삶의 질을 누리고 있는지 느끼기 힘듭니다.

지구가 계속해서 자전과 공전을 하며 움직이고 있지만 아무도 느끼지 못하는 것처럼, 우리나라에 살면서도 다른 나라 사람들이 부러워하고 있는 것을 느끼지 못하는 것 같습니다. 거울과 너무 밀착되어 있으면 나를 바라볼 수 없습니다. 서너 걸음 정도 떨어져야 비로소 내가 보입니다. 약간 떨어져 생각해보면 우리가 살고 있는 세상도 그리 각박하지만은 않다는 생각이 들기도 할 겁니다.

얼마 전에 특수 청소를 직업으로 하는 분이 쓴 책을 읽게 되었습니다. 특수 청소라는 것은 '죽은 자'의 집 청소였습니다. 이 책 안에 이런 내용이 있더군요.

어느 날, 모르는 사람의 전화 한 통을 받게 되었습니다. 상대방은 "인터넷에 착화탄 자살을 하면 괴롭다고 쓰셨던데 진짜인가요?"라는 질문을 던지는 것입니다. 착화탄 자살자의 집을 청소하면서 그들이 얼마나 괴로운지를 알게 되었다는 글을 보고 전화했다는 것입니다.

착화탄 세 개를 샀다는 말을 듣고는, 저자는 여러 방법을 동원해 자살하려는 사람이 있는 곳으로 경찰을 보내서 구조하게 됩니다. 그리고 이 사람으로부터 문자 메시지를 받게 되었습니다. 어떤 문자일까요? 물론 좋은 내용이 아니었습니다.

'나쁜 놈!'

이 문자를 받고서 저자는 너무나 기뻤다고 적습니다. 좋은 내용은 아니지만, 이 사람이 살아있다는 증거이기 때문입니다. 이 욕 섞인 문자가 오히려 기쁨이 될 수 있는 것은 생명을 살렸기 때문입니다. 먹어도 좋은 욕이 있다면 바로 이런 욕일 겁니다. 이 글을 읽으며 맞아, 세상은 그리 나쁘지 않아. 다만 내 마음이 맑지 않았을 뿐이야. 그런 생각이 들었습니다.

사랑의 반대말

사랑에 빠질 때 그것을 이룰 가능성을 미리 헤아려야 하는 걸까?
어떤 계산도 있을 수 없다. 우리는 사랑하기 때문에 사랑하는 것이다.

빈센트 반 고흐 _네덜란드의 후기 인상주의 화가

어느 여성 작가의 인터뷰를 본 적이 있습니다. 기자는 이런 질문을 던졌습니다.

"다시 태어나면 결혼할 건가요? 엄마가 되고 싶으세요?"

작가는 잠깐 생각하더니 이렇게 말합니다.

"다시 태어나고 싶지도, 또 결혼하고 싶지도 않아요. 그래도 다시 태어난다면 정아 엄마로 살고 싶어요."

여기서 정아는 이 작가의 딸입니다. 이 대답을 들으면서, 딸과 이어지는 끈이 얼마나 행복한지를 볼 수 있었습니다. 다른 것은 다 원하지 않는 삶이지만, 딸과 엄마라는 관계만큼은 영원하길 바라는 마음입니다. 즉, 사랑의 관계는 결코 깨뜨리고 싶지 않은 것입니다.

삶이 후회스럽게 다가오는 경우가 얼마나 많습니까? 그러나 절대로 후회할 수 없는 삶은 사랑하는 삶입니다. 받는 사랑뿐 아니라 주는 사랑을 통해 후회하지 않는 멋진 삶을 만들 수 있는 것입니다.

이 사랑을 점점 잃어버리는 세상이 되는 것 같습니다. 대신 그 자리를 욕심과 이기심으로 채워나가고 있습니다. 욕심과 이기심은 사랑을 밀어내고, 강요와 억압을 주기 마련입니다. 진짜 사랑은 내가 원하는 대로 남에게 해줄 수 있는 것, 누군가를 위해 자기 자신을 내어줄 수 있는 것, 사랑만으로도 충분하다고 웃을 수 있는 것이 아닐까요?

그렇다면 사랑의 반대말은 또 무엇일까요? 싫어하는 것, 미움, 원망? 누군가는 '무관심'이라고도 말합니다. 그런데 사랑의 반대말도 어쩌면 '사랑'이 아닐까 합니다.

어머니의 불타는 교육열로 인해 힘들어하는 한 아이를 만난 적이 있습니다. 아침부터 밤늦게까지 공부만 시키는 엄마가 너무 밉다고 합니다. 그러면서 엄마가 자신을 싫어하는 것 같다는 것입니다. 사랑한다면 이러지 않을 것이라면서 말이지요. 그렇다면 어머니가 비싼 돈을 들여가며 불타는 교육열을 드러내는 이유가 무엇일까요? 분명한 것은 '아이가 잘되길 바라는 마음' 때문입니다. 사랑하기에 아이가 싫어해도 억지로 시키고 있는 것입니다.

아이가 사랑으로 느끼지 못하는 이유는 또 무엇일까요? 상대의 사랑을 사랑으로 바라보지 못하기 때문입니다. 아픔이 동반하는 사랑으로 다가오기 때문에 사랑을 느끼지 못하는 것입니다. 사랑의 여러 모습이 있지만, 진정한 사랑은 아픔이 아닌 희망을 주는 것입니다. 내 뜻에 맞추는 사랑이 아니라, 상대방에게 맞추는 사랑이 필요합니다.

이제 더는 사랑의 반대말이 '사랑'이 되지 않았으면 합니다.

나중 말고 지금

나는 과거를 생각하지 않는다.
중요한 것은 끝없는 현재뿐이다.
윌리엄 서머싯 몸 _영국 소설가 겸 극작가

평생 일만 했던 어느 형제님의 이야기를 들었습니다. 가족의 행복을 위해 자신은 늘 일에만 매진했다고 합니다. 그리고 시간이 지나 퇴직하게 되었습니다. 이제까지 모아둔 돈도 있고 시간도 많으니, 여생은 행복하게 가족과 함께 편안히 살 수 있으리라 생각했습니다. 하지만 퇴직 후에 자기 생각처럼 되지 않았습니다. 남편, 아버지의 권위는 사라지고, 어떻게 시간을 보내야 할지 몰라 당황스럽기만 했습니다.

늘 꿈꿔왔던 거실에 가족이 함께 모여 있는 시간, 과일을 먹으며 화목한 모습으로 대화를 나누는 시간은 생기지 않았습니다. 왜 이렇게 다들 바쁜지 가족이 함께 여행을 가는 시간도 마련할 수 없었습니다. 자연스럽게 혼자 있는 시간만 많아졌고 멍하니 텔레비전을 보는 것이 전부였습니다.

결국, 이 형제님은 다시 일하게 되었습니다. 자신은 평생 일만 해야 할 팔자라면서 말이지요. 이 형제님의 이야기를 들으며 많은 생각을 하게 됩니다. 퇴직 전까지 가족이 화목하지 않았는데, 갑자기 시간이 많아진다고 해서 저절로 화목하고 행복한 가정이 될 수 있을까요? 가난해도 화목하며 서로에 대해 사랑을 주고받는 가정과 부유하지만 서로 불목하며 사는 가정 중에 어느 쪽이 더 행복할지는 굳이 질문할 필요가 없겠지요.

사랑이 늘 먼저였고, 사랑이 진리였습니다. 그리고 우리의 삶을 행복으로 이끌어주는 것은 늘 사랑의 마음에서 시작했습니다. 그런데 우리는 사랑은 늘 나중이고, '사랑이 밥 먹여주냐!'며 허상인 것처럼 착각합니다.

우리는 일상 속에서 수도 없는 맹세들을 합니다. 하지만 적지 않은 경우가 거짓 맹세가 되고 맙니다. 물론 어떤 맹세를 할 때, 그것이 거짓이라고 할 수는 없습니다. 왜냐하면, 맹세 자체가 나중에 어떻게 하겠다는 다짐이니까요. 그 '나중에'가 문제입니다. 사랑도 나중에, 봉사도 나중에, 믿음도 나중에, 희생도 나중에…. 늘 언제나 나중입니다. 그러나 나중은 오지 않는 시간이며, 우리가 경험할 수 없는 시간입니다. 결국, 맹세는 거짓이 되고 맙니다.

'나중'을 다짐하는 맹세가 아니라 '지금' 시작되는 맹세가 되어야 할 것입니다. '나중'으로 미루어진 맹세는 우리를 후회의 길로 이끌 수밖에 없습니다. 그러나 '지금' 실천하는 맹세는 우리를 당장 행복의 길로 이끌어줍니다.

자신이 하는 사랑의 맹세에 대해 다시금 생각해볼 수 있는 오늘이 되었으면 합니다. 늘 뒤로 미루는 사랑이 아닌, 지금 실천하는 사랑, 그래서 사랑을 이웃에게 기쁘게 전할 수 있는 우리가 되었을 때, 행복이 멀리에 있지 않게 될 것입니다.

편견이라는 이름의 폭력

편견을 버리기에 너무 늦은 때란 없다.

헨리 데이비드 소로 _소박한 삶을 추구한 자연주의 철학자

세계적인 바이올리니스트 조슈아 벨(Joshua Bell)은 손꼽히는 클래식 연주가로 그의 콘서트는 언제나 매진이고, 거의 시간당 6만 달러 이상을 번다고 합니다. 그리고 그가 연주하는 바이올린은 1713년에 만들어진 50억 원이 넘는 스트라디바리우스입니다.

2007년, 그에게 워싱턴포스트지가 한 가지 실험을 제안했습니다. 그가 자기 바이올린을 들고 야구모자를 쓴 채 지하철역에서 공연한다면 어떤 일이 벌어질까 하는 것이었습니다. 결과는 처참했습니다. 45분 동안 연주했는데 7명의 사람만 가던 길을 멈추고 딱 1분 동안만 연주를 들을 뿐이었습니다. 그의 앞을 지나쳤던 1,070명에게 벨의 연주는 아무런 의미가 없었습니다.

만약 사람들이 조슈아 벨이라는 것을 알았다면 어땠을까요? 주

변이 인산인해가 되었을 것이며, 1분이 아닌 45분을 꽉 채워 자리를 지켰을 것이고, 앙코르도 요청했을 것입니다. 그러나 조슈아 벨이라는 상상조차 하지 못했기에 그 모두는 무관심했습니다. 이 실험을 통해 우리는 우리가 얼마나 뿌리 깊은 편견 속에 살고 있는가를 알게 됩니다.

언젠가 방송에서 표정만 봐도 상대방의 마음을 읽을 수 있다는 한 전문가를 볼 수 있었습니다. 실제로 우리는 표정을 통해 상대방의 속내를 어느 정도 눈치챌 수 있기도 합니다. 그러나 그것을 판단의 기준으로 삼을 수는 없습니다. 확률로 계산하면 얼마나 될지 모르겠습니다만, 신뢰할 만한 수치는 아닐 것입니다. 표정으로 마음을 판단하는 것은 경우에 따라선 매우 심각한 결과를 만들 수도 있습니다.

미국에서 실제로 있었던 일입니다. 백인 사복경찰 네 명이 잠복근무 중에 '기니'에서 이주해 온 22세 흑인을 총으로 쏘아 죽인 사건이 발생했습니다. 이 청년은 전혀 죄가 없었고 어떤 혐의도 없었습니다. 단지 네 명의 백인을 보고 겁을 먹은 표정을 지었다는 것, 또 그 사람들을 강도로 생각해서 지갑을 꺼내주려고 주머니에 손을 넣다가 총에 맞은 것입니다. 백인 사복경찰은 자신들을 보고 겁을 먹었다는 사실에 용의자로 생각했던 것이고, 지갑 꺼내는 동작을 총 꺼내는 것으로 오인해서 총을 쏜 것이었습니다.

편견이 심각한 판단의 오류를 낳은 대표적인 사례입니다. 겉모습을 보고서 그 사람의 의중을 알 수 있다는 것이 얼마나 허황한 것인지 알 수 있습니다. 따라서 세심하고 면밀한 관찰이 전제된 판단이라 할지라도 오류의 가능성을 늘 염두에 두어야 합니다. 《블링크》의 저자이자 사회심리학자인 말콤 글래드웰(Malcolm Gladwell)은 말합니다.

"우리가 순간적으로 결정을 내릴 때는 고정관념과 편견에 정말 취약해진다."

겸손이 없으면 오르지 못하니

진실의 가장 큰 친구는 시간이고,
가장 큰 적은 편견이며, 진실의 영원한 반려자는 겸손이다.

찰스 칼렙 콜튼 _영국의 성직자이자 작가

좋아하지 않는 말이 있습니다. 바로 '손님은 왕이다'라는 말입니다. 물론 친절한 서비스를 제공하는 것은 당연합니다. 그런데 사람은 서로서로 존중하는 관계가 되어야 합니다. 일정 금액을 지불한다 해서 누구는 왕이 되고, 누구는 종이 되는 계급의 관계가 되어서는 안 됩니다. 하지만 자신이 진짜 왕으로 생각하는 사람도 있어 보입니다. 다짜고짜 반말하고, 아주 작은 것에도 꼬투리를 잡기도 합니다. 소위 갑질한다고 하지요. 이런 사람을 보면 그의 인격이 보이는 것 같습니다.

물론 이 한 가지만으로 그 사람을 온전하게 평가할 수는 없겠지만, 분명한 것은 좋아 보이지 않는다는 것입니다. 그러나 감사의 말을 하면서 상대방을 존중하는 모습을 보게 되면 인격적으로 높은 사람이라고 생각되면서 존경의 눈빛으로 바라보게 됩니다.

가게에서 원하는 서비스를 받지 못했다고 그 자리에서 고래고래 소리를 지르고 화를 내면 결국 자기만 손해입니다. 좋은 말로 해결할 수도 있는 것을 화부터 내는 사람은 서비스를 받을 자격도 없는 사람이 아닐까요?

"내 멍에를 메고 나에게 배워라."

아우구스티누스 성인은 당신에게서 세상을 건설하는 법, 눈에 보이는 것과 보이지 않는 모든 것을 창조하는 법, 기적을 일으키고 죽은 이를 되살리는 법을 배울 것이 아니라 "온유하고 겸손한 마음"을 배우라면서 다음과 같이 말씀하셨습니다.

"높이 올라가고 싶습니까? 그렇다면 밑에서부터 시작하십시오. 웅장한 건물을 세우고 싶습니까? 그렇다면 바닥에서 터부터 닦으십시오. 이것이 겸손입니다. 아무리 웅장한 건물을 짓고 싶더라도, 크고 높은 건물을 짓고 싶을수록 터를 더 깊게 파야 합니다. 건물은 짓다 보면 높이 올라가지만, 그 건물의 기초를 세우는 사람은 먼저 아주 아래로 내려가야 합니다."

건물도 높이 올라가기 전에는 낮으며, 탑은 굴욕을 겪은 뒤에야 올라갑니다. 아우구스티누스 성인의 말씀처럼 우리도 겸손을 간직해야 합니다. 편안한 안식을 얻을 것입니다.

어머니의 입맞춤

사랑했던 시절의 따스한 추억과 뜨거운 그리움은
신비한 사랑의 힘으로 언제까지나 사라지지 않고 남아 있게 한다.

발타자르 그라시안 _스페인을 대표하는 철학자이자 예수회 신부

사람들은 어떤 감정을 경험했을 때, 일반적으로 그 원인을 외부의 어떤 사건에서 찾으려고 합니다. 사건의 결과로 자신이 기쁘든지, 화가 났든지 하는 감정을 느낀다고 생각하는 것입니다. 예를 들면 이런 식입니다. '대학에 합격하면 기쁘고, 떨어지면 우울하다. 회사에서 승진하면 기쁘고, 승진에서 탈락하면 슬프다.'

당연합니까? 인과관계가 얼핏 당연해 보이기도 하지만, 사실 사건을 바라보는 자기 생각과 신념이 심리적 고통의 원인이 되는 경우가 더 많습니다. 이런 경우를 생각해보십시오.

원하는 대학에 가기 위해 최선을 다했고, 최종 합격을 통지받을 수 있었습니다. 이때는 매우 기쁠 것입니다. 하지만 이럴 경우는 어떨까요? 지금의 점수로는 원하는 대학에 갈 수 없어서 점수를 낮춰

서 지원하게 되었습니다. 이때는 합격했어도 원하는 대학이 아니었기 때문에 기분이 별로 좋지 않을 것입니다.

어떻게 생각하느냐가 중요합니다. 비합리적이거나, 극단적이거나, 부정적인 생각에 빠져 있다면 좋지 않은 감정을 갖게 됩니다. 그러나 같은 결과를 두고도 원인을 자신의 내부에서 발견하고 문제를 극복해나가는 방안을 찾는다면 희망을 품을 수 있을 겁니다. 감정은 애초에 합리적이지 않고 즉흥적이며 자기중심적입니다. 원인과 결과의 인과관계를 객관화할 때 비로소 합리성을 확보할 수 있다는 얘기입니다.

외출했다가 집에 돌아왔는데, 집이 완전히 난장판입니다. 그것도 집안 전체가 물감투성이로 되어 있다면 어떠시겠습니까? 분명히 깜짝 놀라고 화가 날 것입니다. 그런데 이 난장판의 주범이 집을 지키고 있었던 어린 아들이라면 어떻게 하시겠습니까? 다음에 똑같은 말썽을 부릴 수도 있으니 따끔하게 혼내야 하는 것이 정상이라 생각하실 것입니다. 주변에서 흔히 일어나는 일이고 당연하게 받아들이는 대처법이니 화제에 올리기도 마땅찮은 일이라 여길 수도 있겠습니다.

미국 낭만주의의 대표적인 화가 벤저민 웨스트(Benjamin West)의 이야기가 생각납니다. 그가 어린 시절에, 어머니께서 장을 보러 외출한 사이에 여동생 샐리를 돌보다가 그림물감을 발견하고는 동생 초상화를 그렸습니다. 그런데 어린 동생이 가만히 있지를 못하고 물감으로 장난을 쳤습니다. 그래서 집안 전체가 물감투성이가 되고 말았습니다.

그런데 장에서 돌아온 어머니가 이 모습을 보고 아무 말 없이 그림을 집어 들고는 "참 근사하게 그렸구나" 하면서 아들에게 입을 맞췄다고 합니다. 벤저민은 훗날 인생의 전환점을 가져다준 그날을 기억하면서 이렇게 말합니다.

"내 어머니의 입맞춤이 저를 만들었습니다."

만약 벤저민의 행동을 부정적으로만 보고 꾸짖었다면 훗날 벤저민은 화가로서 성공을 거두지 못했을 겁니다. 누구라 할지라도 자녀가 성공하기를 바라지 않는 부모는 없습니다. 그런데 매사에 부정적인 판단으로 자녀의 행동을 제한함으로써 자녀의 성공을 가로막았던 것은 아닐까요?

그렇다면 자녀가 원하는 것만 들어준다고 해서 좋은 부모가 될 수 있을까요? 그렇지는 않다고 합니다. 원하는 것을 받는다고 해서 자녀는 자신의 부모를 좋은 부모라고 생각하지는 않습니다. 오히려 받았던 것을 당연하게 생각하면서 받지 못한 것에 집중하게 될 것이기 때문입니다. 심지어 자기를 만족시키지 않는 것을 두고 나쁜 부모라고 생각하기까지 하는 것입니다. 많은 희생을 감수하면서까지 사랑을 주었는데 말입니다.

미국의 정신과 교수 다니엘 시겔(Daniel J. Siegel)은 자기 자신에 대한 '일관된 인생 이야기'를 얼마나 가지고 있느냐를 살피라고 말합니다. 즉, 자신의 인생 경험을 의미 있고 재미있게 해석하며, 근사한 추억으로 만들 줄 아는 능력이 필요하다는 것입니다. 이 능력을 통해 자신의 삶을 스스로 인정하는 자신감 넘치는 삶을 살 수 있게 되고, 이 모습을 보고 자란 자녀는 좋은 부모라는 인식을 하게 된다고 합니다.

다른 어떤 일보다 자녀를 훌륭하게 성장시키는 것이 우선하다고 많은 사람이 말합니다. 그러나 자신의 삶에 스토리를 남길 수 있는 삶, 의미 있는 삶을 만드는 것이 더 중요합니다. 그러면 저절로 좋은 부모가 될 수 있습니다.

기억이 몸을 버릴 때

많이 기억하고 있는 것,
그것이 꼭 현명한 것은 아니다.
사무엘 데이비드 루자토 _히브리 학자

마흔 넘은 사람들의 걱정 중의 하나가 깜빡깜빡하는 건망증이 아닐까 싶습니다. 젊었을 때는 전혀 그렇지 않았는데 중년이 되면서 기억나지 않는 게 왜 이렇게 많아졌는지 모르겠다고 말합니다. 혹시 인지장애, 소위 '치매'가 일찍 온 것이 아닐까 하는 걱정입니다. 알고 있는 사실인데도 정확한 정보가 기억나지 않아서 혀끝에서 맴돌다가 말로 표현하지 못하는 설단 현상이 자주 일어난다면서 걱정합니다. 걱정이 일상화되어 불안하기까지 하다면 이 사람의 일화를 떠올려 보면 어떨까요?

이 사람은 열차표를 잃어버려서 허둥지둥할 때가 많았다고 합니다. 열차표를 잃어버렸다면 다시 사거나 발권을 다시 받으면 되겠지요. 그러나 이 사람은 반드시 열차표를 찾아야만 했습니다. 왜냐하면, 이 사람은 자신이 가려는 목적지를 기억할 수 없었기 때문입니다. 이 외에도 건망증이 심해서 어려움이 많았습니다. 이렇게 건망증이 심했던 이 유명인은 누구일까요?

인류 최고의 천재라고 불렸던 알베르트 아인슈타인입니다. 일상 안에서 잊어버리는 것이 많았지만, 중요한 것은 잊어버리지 않았습니다. 그래서 중요한 것에 더욱더 집중할 수 있었습니다.

노력으로 시간을 늦출 수는 있겠지만, 인간은 어느 순간 기억력이 퇴화할 수밖에 없습니다. 물리적으로 자연스러운 현상이기도 합니다. 이제는 하늘나라에 계시는 제 아버지는 인지장애 환자였습니다. '인지장애'라고 하니까 조금 낯설지요? 쉽게 '치매'라고 하면 이해가 될까요?

아버지께선 몇 차례의 수술 이후 머릿속에 지우개가 생겼습니다. 저를 보고도 '누구지?'라는 표정을 지으셨습니다. 그래서 여러 가지를 물어봤습니다. 그때마다 하시는 말씀은 "몰라~"입니다. 아마 말년의 아버지께서 가장 많이 사용하셨던 단어일 겁니다.

인지장애를 앓는 아버지를 볼 때마다 안타까움을 숨길 수 없었습니다. 그러다 문득 이상한 생각이 들었습니다. 국내 65세 이상 노인 인구 중 10퍼센트가 인지장애 환자라고 하는데, 일상적 환경에서 인지장애증 환자를 만나는 게 흔치 않는 일이기 때문입니다. 이유는 그들이 대부분 전국적으로 5천 곳이 넘는 노인요양시설에 있기 때문이라고 합니다.

그렇다면 계속해서 요양원 숫자만 늘리면 될까요? 인지장애 환자는 일상생활이 불가능한 걸까요? 이를 해결하기 위해선 우선 '치매'라는 말부터 쓰지 말아야 한다고 합니다. 치매라는 말의 뜻은 한자로 '어리석고 미련하다'이기 때문입니다. 그래서 일본에선 치매가 아니라 '인지증'이라는 용어를 사용한다고 하더군요. 그러면서 인지장애 환자와 함께 살아가는 교육을 계속한다고 합니다. 우리나라처럼 요양원 숫자만 늘리는 것이 답이 아님을 발견한 것입니다.

우리도 함께 살아야 하는 길을 선택해야 하지 않을까요? 불편하다고, 힘들다고 공동체에서 쫓아내서 따로 살게 하는 것만으로는 답이 나오지 않습니다.

부끄러운 기억 하나

살아남기 위해 분투하는 세상에서
우리는 견딜 수 없는 뭔가를 원한다.
그래서 부질없는 것들로 마음을 채운다.

오스카 와일드 _아일랜드 시인, 소설가 겸 극작가

사회심리학자 매튜 리버먼과 나오미 아이젠버그의 '사이버 볼 실험'이라는 게 있습니다. 사이버 볼은 세 명의 플레이어가 서로 공을 주고받는 컴퓨터 게임인데, 일정 시간이 지나면 두 명의 플레이어가 실험 참가자에게는 공을 주지 않습니다. 의도적으로 소외를 시키는 것입니다. 바로 이때 뇌가 어떻게 반응하는지 '기능적 자공명영상(fMRI)'으로 확인합니다.

그 결과 놀라운 점을 발견할 수 있었습니다. 소외감을 느낀 사람의 뇌는 신체적 통증이 있을 때와 유사한 양상을 보이는 것입니다. 즉, 집단에서 배제되었을 때의 고통이 몽둥이로 두들겨 맞았을 때의 고통과 전혀 다르지 않았습니다.

스스로 소외되고 있다는 느낌이 얼마나 괴로운 일인지를 아마

한두 번쯤은 모두 체험해 보았을 것입니다. 내 말과 행동을 오해해서 빚어진 일도 있고, 나의 실수로 인해 사람들의 배척을 받을 때도 있습니다. 자기 생각과 다르다는 이유로 소외시키는 경우도 있습니다. 이 모두가 몽둥이로 두들겨 맞는 것처럼 고통을 느끼게 합니다.

부끄러운 기억이 하나 있습니다. 초등학교 1학년 때의 일입니다. 새 학기가 시작되었는데, 한 아이와 짝을 아무도 하지 않으려는 것입니다. 이 친구는 매우 지저분했고 공부도 못했습니다. 게다가 얼굴에는 큰 흉터가 있었지요. 그래서 선생님께서는 억지로 짝을 지어주는데 그때마다 아이들이 울면서 거부하는 것입니다. 도저히 안 되겠다 싶었는지 선생님은 "이 친구와 짝하고 싶은 사람?"하고 물으며 지원자를 찾으셨습니다. 모두가 싫었는지 고개만 푹 숙이고 있었지요. 그때 제가 손을 들었습니다. 그리고 곧바로 짝이 되었습니다.

그런 상황에 놓인 이 친구가 측은했고, 그래서 내가 구해주어야 한다고 생각했던 것 같습니다. 하지만 그 좋은 마음은 오래가지 않았습니다. 지저분하고 냄새도 많이 났으며, 공부도 못하는 이 친구와 함께하기가 점점 싫어지는 것입니다. 그래서 쉬는 시간이면 다른 자리의 친구와 놀았습니다. 말과 행동으로 괴롭힌 것은 아니었지만, 무시했던 것입니다.

철이 들면서 이때를 생각하면 마음이 아픕니다. 당시 이 친구가 얼마나 외롭고 힘들었을까요? 겉모습만 보고서 나의 행동을 정당화했던 것입니다.

철없을 때의 일이 이렇게 40년이 넘었음에도 후회하게 됩니다. 이렇게 사랑과 반대되는 모든 말과 행동은 후회를 남길 수밖에 없는 것이 아닐까요?

좋은 사람 나쁜 사람

나쁜 의도로 말한 진실은
꾸며낼 수 있는 그 어떤 거짓말보다 나쁘다.

윌리엄 블레이크 _영국의 시인, 화가, 판화가

우리 사회에서 전염병처럼 퍼지는 현상이 하나 있습니다. 바로 '혐오'입니다. 누군가를, 또는 어떤 집단을 극렬히 미워하고 싫어하는 감정을 말합니다. 물론 충분히 가질 수 있는 감정입니다. 그러나 이 감정이 폭력적인 행동으로까지 나아가고 있다면 사회적으로도 심각하게 다루지 않을 수 없습니다.

언젠가 성지에서 어떤 아이가 친구와 대화하는 내용을 우연히 듣게 되었습니다. 그런데 '극혐'이라는 단어를 아무렇지도 않게 쓰는 것입니다. 미워하고 싫어하는 강도가 최고치에 달할 때, '극혐'이라는 단어를 쓴다고 하더군요. 말하자면 혐오의 최상급입니다. 누굴 두고 하는 말인지는 모르겠습니다, 혐오라는 말로도 부족했나 봅니다.

이렇게 미워하고 싫어하는 감정의 표현이 어린아이에게도 일반화되어 있습니다. 게다가 타협과 조율 없이 무조건 싫다면서 파괴적인 모습을 보이는 사람들이 많아지고 있습니다. 그 이유도 별것 없습니다. 그냥 즉흥적인 감정 표현으로 '극혐'이라고 말 한마디 하고는, 혐오하는 것을 타당하다고 생각합니다. 문제는 이런 이유 없는 혐오가 '묻지 마' 공격으로 이어진다는 겁니다. 자기중심적인 생각에서, 나와 다른 사람을 그리고 다른 집단을 받아들이지 않는 것도 모자라 존재 자체를 부정하기 때문입니다.

이런 생각을 하는 사람이 점점 많아진다면 어떨까요? 이 세상에서 조화를 이루면서 함께 살아가는 게 불가능한 상태에 빠지고 말 것입니다.

책을 읽다가 이런 구절을 볼 수 있었습니다.

"좋은 사람 나쁜 사람이 있는 게 아니라, 좋은 관계 나쁜 관계가 있을 뿐이다."

사람 자체의 질이 문제가 아니라 관계의 문제라는 것이지요.

언젠가 어떤 분으로부터 다른 누군가에 대한 비난을 듣게 되었습니다. 그러면서 '참 나쁜 사람이다'라고 단정 짓는 것입니다. 그런데 그 비난을 받는 대상이 제가 잘 아는 사람이었습니다. 저는 도저히 이 사람을 '나쁜 사람'이라고 말할 수가 없었습니다. 그분과 너무나 좋은 관계를 유지하면서 살고 있기 때문입니다. 이분은 적어도 저와의 관계 안에서는 아주 좋은 사람입니다.

관계를 맺지 않으면서 살려는 사람이 늘어나고 있습니다. 복잡한 것이 싫다며, 상처받기 싫다면서 관계를 맺지 않습니다. 또 관계를 맺지 않아도 사는 데 전혀 지장이 없다고 말합니다. 그러나 큰 착각입니다. 이 관계의 단절을 통해 '좋은 사람'들이 사라져 가기 때문입니다.

관계를 먼저 생각해보면 어떨까요? 좋은 사람, 나쁜 사람을 따지기 전에 좋은 관계를 맺으려는 나부터의 노력이 필요합니다. 이 관계를 만들지 못하면 주변과 단절되게 되고, 결국 세상과 담을 쌓을 수밖에 없습니다. 힘들어지는 것은 '나'입니다.

물질이 아니다

처음으로 텔레비전을 샀을 때,
나는 사람들과의 친밀한 관계 형성에 대한 관심을 끊었다.
앤디 워홀 _미국 팝아트의 선구자

2020년 5월, 한 교육 콘텐츠 전문 기업이 어린이들을 대상으로 다음과 같은 설문 조사를 했습니다.

'부모님에게 가장 받고 싶은 선물은 무엇인가?'

아이들이 가장 받고 싶은 선물을 떠올려 보았습니다. 요즘 아이들이 스마트폰 없이는 못 산다고 하니까 최신형 스마트폰을 예상했습니다. 혹시 게임기일 수도 있겠다는 생각도 들었지요. 그러나 저의 예상과 달리 아이들이 가장 받고 싶은 선물은 응답자의 23.7퍼센트가 대답한 '칭찬'이었습니다. 그다음 순서를 알려 드리면, 2위가 용돈, 3위가 애정 표현, 4위가 선물이었습니다. 물질적인 것이 최고라고 생각하지만, 사실은 부모님의 관심과 사랑이 더 중요했습니다.

칭찬이나 애정 표현은 세상의 물질적이고 세속적인 기준의 가치가 들어가지 않습니다. 그저 '사랑'만 있으면 충분합니다. 하지만 이를 가장 어려워하는 사람이 많습니다. 그만큼 사랑하는 것을 힘들어하는 것입니다.

사실 사랑과 함께 따라와야 하는 것이 '믿음'입니다. 믿음이 없다면 사랑도 있을 수 없으며, 사랑이 없다면 또 믿음도 있을 수 없습니다. 그렇다면 사랑이 이루어지지 못하는 가장 큰 이유가 무엇인지 쉽게 알 수 있습니다. 믿음을 가지고 있지 못하기 때문입니다. 아이들은 사랑받기를 원하며, 이는 아이에 대한 부모의 믿음을 통해서 완성됩니다.

미국 매사추세츠 윌리엄스 칼리지의 수전 엥겔(Susan Engel)은 유치원 아이들을 관찰한 실험을 발표했습니다. 실험에서 아이들은 방에 혼자 앉아 한쪽에서만 볼 수 있는 유리를 통해 엄마, 아빠의 모습을 봅니다. 아이의 엄마, 아빠는 탁자 위에 놓인 물건을 가지고 놀거나, 그냥 쳐다보기만 하거나, 아예 무시한 채 다른 어른과 잡담을 나눕니다. 그 뒤 아이들에게 탁자 위에 놓여 있던 물건을 주었습니다. 결과는 부모의 모습을 그대로 따라 하는 것이었습니다.

부모의 사소한 행동이 아이에게 전염되는 것입니다. 따라서 창의성이 높고 호기심이 많은 아이로 키우고 싶다면, 부모가 먼저 호기심을 가지고 사물을 바라보는 노력이 필요하다고 합니다. 책 많이 읽는 아이로 키우고 싶다면, 부모가 먼저 책을 읽어야 합니다.

부모와 자식 간의 관계에서만 이런 현상을 보일까요? 아닙니다. 좋은 모범에 대해서는 모두가 긍정적인 마음을 가지고 받아들이려고 합니다. 그래서 지금을 사는 우리의 좋은 모범이 필요합니다. 그래야 이 세상이 더욱더 밝고 희망찬 세상이 될 수 있습니다.

결핍이 뭐라고

무수한 사람들 가운데는 나와 뜻을 같이할 사람이 한둘은 있을 것이다. 그것으로 충분하다. 공기를 호흡하는 데는 들창문 하나로도 족하다.

로맹 롤랑 _노벨문학상을 수상한 프랑스의 소설가

옛날에 어떤 책에서 읽은 구절 하나가 생각납니다.

'인생을 사는 데는 두 가지 방법이 있다. 많이 벌어 많이 쓰는 삶, 적게 벌어 적게 쓰는 삶.'

어떤 삶이 편할까요? 당연히 적게 벌어 적게 쓰는 삶이 편할 것입니다. 나의 모든 불편은 많은 것을 소유하는 데서 나옵니다. 없으면 없는 대로 사는 삶은 불편이 아닌 또 다른 자유를 줍니다.

제 차는 경유 차로, 내년이면 노후 경유 차로 분류가 되어서 도심지에 들어갈 때는 운행을 제한받게 됩니다. 고민에 빠졌습니다. 그래서 차를 알아보는데, 차 종류가 너무 많아서 무엇을 선택해야 할지 모르겠더군요. 결국 '그냥 탄다'고 결론을 냈습니다. 선택할 수가 없었기 때문이지요. 더군다나 아직 1년이 남았으니까요.

무엇을 하나 소유하려 할 때도 따지고 생각할 것이 많습니다. 그러나 소유하지 않으면 그만큼 생각할 것이 줄어드는 편안한 삶이 됩니다.

어떤 삶을 살아야 할까요?

많이 벌어 많이 쓰는 삶, 아니면 적게 벌어 적게 쓰는 삶. 당연히 후자인데도 자꾸만 전자에 눈이 가지 않나요? 욕심을 벗어던지는 게 이렇게 힘듭니다.

'돈이 생기면 행복하겠다'라고 생각하는 사람이 있습니다. 그렇다면 이 사람은 어떻게 되어야 행복할까요? 당연히 돈이 생겨야 할 것으로 생각할 것입니다. 그러나 꼭 그렇지만도 않습니다. 순간의 행복을 체험하겠지만, 금세 사라지고 말 행복이고 때로는 행복이 아닌 불행의 모습으로 다가오기도 합니다.

우리는 자신의 결핍이 채워졌을 때 행복해질 것이라고 단언합니다. 그렇다면 앞서 돈에 대한 결핍이 있는 사람을 떠올려 보십시오. 이 사람이 자신의 마음에 쏙 드는 여인을 만나게 되었습니다. 사랑이 무엇인지 알게 되었고, 이 여인과 함께 있는 것만으로도 너무나 좋았습니다. 어느 날, 사랑하는 여인의 생일이 찾아왔습니다. 돈에 대한 결핍이 있는 이 사람은 생일 선물을 할까요? 하지 않을까요?

아마 사랑하기 때문에 돈에 상관없는 선물을 고를 것입니다. 그리고 행복해할 것입니다. 사랑하는 사람이 기뻐하는 것에 더 큰 행복을 얻기 때문입니다.

자신의 결핍이 오히려 줄어드는 상황인데도 행복해합니다. 맞습니다. 결핍을 채우는 것이 아니라, 좋은 것을 선택했을 때 행복해지는 것입니다. 그렇다면 어떻게 하면 행복해질지가 명확해집니다. '좋음'을 선택하는 것입니다.

사춘기에 축배를

성장하기 위해서는 변화해야 하고,
완벽해지기 위해서는 계속 변화해야 한다.

윈스턴 처칠 _영국의 정치가이자 작가

어느 자매님께서 사춘기인 딸 때문에 너무 힘들다고 고민을 털어놓습니다. 이제까지 말썽 한 번 부린 적 없고, 부모의 말에 누구보다 순종적인 아이였는데 요즘에 사사건건 시비를 걸고 화를 낸다는 것입니다.

아마 아이를 키우는 부모라면 한두 번은 겪게 될 일일 것입니다. 사실 본인도 자신의 부모에게 이렇게 하지 않았을까요? 그러나 자기 자녀들은 그렇지 않을 것이라는 생각을 했는데, 이를 직접 경험하게 되니 더 괴롭고 힘든 것입니다.

어느 책에서 본 사춘기에 대한 해석을 떠올려 봅니다. 동물은 어느 정도 성장하면 부모 곁을 떠납니다. 왜냐면 독립을 돕는 호르

몬이 나오기 때문입니다. 인간도 마찬가지입니다. 그런데 독립을 돕는 호르몬이 나오고 특히 인체 성장이 끝났음에도 부모 곁을 떠날 수가 없습니다. 하지만 몸에서는 계속해서 독립하라고 신호를 보내니, 부모 곁에 있으면서도 보호와 도움을 거절하는 사춘기를 겪게 되는 것입니다.

아이 자체가 문제는 아니었습니다. 단순히 혼란 속에서 부모에게서 독립하려는 성향을 보일 뿐입니다. 따라서 따끔하게 혼내고, 그래서는 안 된다는 훈계만으로 절대로 관계를 회복할 수 없습니다.

보호와 도움을 줄여가면서 아이의 독립을 위해 해줄 수 있는 것을 먼저 찾아봐야 합니다. 자기만의 공간을 허용하고 그 안에서의 책임을 부여하는 것도 좋은 방법입니다. '어른 아이' 취급보다는, 진정으로 인격 자체를 존중해 줄 수 있어야 합니다. 사춘기를 겪게 되면 이제 어른이 되었다는 것입니다. 오히려 기뻐할 일입니다.

또 다른 일화가 있습니다. 어느 부부로부터 저녁 식사를 초대받았습니다. 10년 전에 본당신부로 사목할 때의 신자였는데, 저를 잊지 않고 연락을 주신 것입니다. 이 부부에게는 아이가 둘 있는데, 정말로 많이 컸더군요. 초등학생이었던 아이는 고등학생이 되어 있었고, 어린 꼬마 아이는 초등학생이 되어 있었습니다.

이런저런 이야기를 나누다가 문득 큰아이의 사춘기가 궁금해서 물었습니다. 얼마 전에 자녀의 사춘기 때문에 너무 힘들다는 어느 어머니와의 대화가 생각났기 때문입니다. 그런데 "너무나 감사했어요. 정말로 혹독하게 사춘기를 보냈거든요"라고 아이의 엄마가 말하는 것입니다.

종종 "우리 아이는 사춘기라는 것을 모르고 컸어요"라고 말씀하십니다. 이를 축하할 일이 아니라고 많은 심리학자는 이야기합니다. 인간의 성장은 위기를 헤쳐 나갈 때만 주어지기에, 사춘기가 없었다는 것은 그 기회를 놓쳤다는 것과 다를 바 없다는 것입니다. 그래서 오히려 위로받아야 한다고 하더군요. 또 한 가지는 '더 큰 위기'가 언젠가 찾아올 것이기에 그때 더 큰 혼란을 겪게 된다는 것입니다.

이 사실을 이 아이들의 부모는 알고 있었습니다. 그래서 혹독한 사춘기가 온 것을 오히려 감사해했습니다.

사춘기가 성인이 되었을 때를 위해서도 필요하다고 합니다. 이는 우리 삶의 고통과 시련의 문제에 대한 시각을 다시 갖게 합니다. 피할 것이 아니라, 미래를 위해서도 반드시 정면에서 부딪히고 이겨내야 할 것입니다. 이때 삶은 또다시 새로워지기 때문입니다.

이것은 나의 것이 아니다

사랑할 수 있다는 것은 모든 것을 할 수 있다는 뜻이다.

안톤 체호프 _러시아의 소설가 겸 극작가

싼 가격과 간단한 조리법으로 인해, 한국인이 가장 좋아하는 주식 겸 간식 중 하나로 자리매김해서 엄청난 소비량을 자랑하고 있는 것은 무엇일까요? 바로 '라면'입니다. 1인당 기준으로 1년에 70~90개 이상의 라면을 먹으면서 전 세계 1위를 기록할 정도로 모든 국민에게 사랑받은 음식입니다.

인스턴트라면은 대만계 일본인인 안도 모모후쿠의 발명으로 알려져 있습니다. 일본의 태평양 전쟁 패배 후 미군정의 구호물자인 밀가루가 남아도는 것을 보고 지금의 튀긴 라면을 만들었다고 합니다. 그리고 여기에서 멈추지 않고, 미국에 갔다가 사람들이 면을 부숴서 머그컵에 넣고 물을 부어 먹는 것을 보고는 컵라면을 만들었습니다. 그런데 그를 유명하게 한 것은 그다음의 일입니다.

전 세계 사람들이 즐겨 먹는 라면이기에 엄청난 돈을 벌었을 것으로 생각될 것입니다. 그러나 그는 자기가 개발한 모든 라면에 대한 특허를 신청하지 않았습니다. 라면은 가난한 사람들이 배불리 먹기 위한 음식이어야 한다는 생각에서였습니다.

사랑은 우리의 마음을 따뜻하게 하고, 함께 살아갈 수 있도록 해줍니다. 그러나 우리는 이 사랑을 실천하는 데 늘 주저합니다. 사랑하고 나면 행복한데, 그전까지 세상의 기준이 내 앞을 가로막기 때문입니다.

또 다른 이야기입니다. 라듐이라는 광물이 있습니다. 현재 암 연구와 치료 등에 사용되는 라듐은 노벨 물리학상과 노벨 화학상을 받은 프랑스의 물리학자 퀴리가 남편 피에르 퀴리와 함께 발견한 광물입니다. 전 세계는 이 라듐의 발견에 찬탄을 보냈다고 합니다. 그리고 이 부부가 엄청난 부자가 되었다고 생각했습니다. 당시 천연 라듐의 가치는 1그램에 15만 달러 정도였는데, 이 천연 라듐의 생산을 무제한으로 할 수 있기 때문입니다.

퀴리 부부는 고민에 빠졌습니다. 그들만 알고 있는 천연 라듐 생산 방법을 특허 내면 엄청난 부를 거머쥘 수 있기 때문입니다. 그러나 그들은 라듐 생산 방법을 공개해서 수많은 사람이 혜택을 받도록 결정합니다. 그들은 이렇게 말합니다.

"라듐은 하느님의 것인데 우리가 먼저 발견한 것뿐입니다. 하느님의 뜻은 이것을 모든 인류의 소유가 되게 하는 것입니다."

상대방의 언어 사용하기

시간과 함께 인연이 끊긴다 해도 기억은 사라지지 않아.
그 사람과 다시는 새로운 기억을 만들지 못하니까.

크레이그 데이비드슨 _캐나다의 작가이자 칼럼니스트

학창 시절, 수업이 시작하기 전에 모두 운동장에 나가 조회를 한 달에 한 번은 꼭 했던 것 같습니다. 사실 이 시간이 정말 힘들었습니다. 꼼짝 못 하고 오와 열을 맞춰서 그냥 서 있어야 했지요. 땡볕이 내리쬐는 운동장에 가만히 서 있어야 하는 그 시간이 너무 길게만 느껴졌습니다. 실제로 여름에는 픽픽 쓰러지는 학생도 많았습니다.

국기를 향해 경례하고, 애국가를 4절까지 부르고, 상 받는 학생은 호명되어 앞에 나가고, 그 뒤에 교장 선생님의 긴 훈화 말씀을 들어야 했습니다. 초등학교 때부터 고등학교 때까지 12년 동안 얼마나 많은 교장 선생님의 훈화를 들었겠습니까? 그런데 단 하나의 말씀도 기억나지 않습니다. 왜 그럴까요?

학생의 언어가 아니었기 때문입니다. 어린 학생들은 국가가 어떻고, 교육이 어떻고 등의 이야기를 하지 않습니다. 만약 학생들이 관심 두고 있는 내용을 예로 들어 말씀하셨다면 귀를 쫑긋 세워서 들었을 테고 지금도 기억하고 있을지도 모르겠습니다.

사회복지 활동가나 연구자들이 지적하는 모욕적인 표현 중에 이런 것이 있습니다.

이주민을 향한 말로 '이제 한국인이 다 되었네요'라는 표현.

장애인을 향해, '희망을 가지세요'라는 표현.

아무런 문제가 없는 것처럼 보입니다. 전자는 이주민이 한국에 잘 적응하고 있다는 칭찬이며, 후자는 지금 어려움 속에서 절망하지 말라는 격려이기 때문입니다. 그러나 문제가 있다고 합니다.

이 말을 듣고 모욕감을 느낄 수가 있다는 것이지요. '한국인이 다 되었다'는 말은 '네가 한국말을 잘하고 한국문화를 잘 알아도 한국인은 아니다'라는 전제가 깔려 있으며, 한국인이 되고 싶지도 않은데 한국인에 빗댄 것은 그만큼 자기중심적인 말이라는 것입니다.

이런 차원에서 '희망을 가져라'는 말도 모욕이 됩니다. 이는 현재의 삶에 희망이 없음을 전제로 하기 때문입니다. 무의식중에 말하고 있는 차별의 말이 정말로 많은 것 같습니다. 그만큼 조심하고 조심해야 하지 않을까요? 그래야 함께 잘 살아갈 수 있습니다.

상대방의 처지에서 생각하고 말하라는 의미가 무엇일까요? 그냥 '네 입장을 알아, 이해해'라고 말하는 것이 아닙니다. 먼저 상대방의 언어를 사용해야 한다는 것이 아닐까요?

더불어 나누는 기쁨

당신에게 두 손이 있는 이유는
당신과 타인을 돕기 위해서이다.

오드리 햅번 _벨기에 출생 영국의 전설적인 할리우드 배우

요즘 지하철이나 버스 그리고 공공장소에서 책을 읽고 있으면 이상한 사람처럼 쳐다보는 것만 같습니다. 대부분 스마트폰을 켜 놓고 무언가에 집중하고 있기 때문입니다. 그렇다면 어디에서 책을 읽으면 편한 마음이 생길까요? 아무도 없는 집보다 더 편한 곳이 있습니다. 서점이나 도서관에서 책을 읽으면 편합니다. 왜 그럴까요? 모두 책을 읽고 있기 때문입니다. 이런 곳에서는 스마트폰을 보고 있으면 오히려 어색해지고 불안해질 것입니다.

함께 같은 것을 할 때 편안해지고 기쁨도 갖게 됩니다. 그래서 사랑도 짝사랑이 아니라, 함께 하는 사랑이 더욱더 기쁜 것입니다. 혼자 하는 사랑은 어색하고 상대방을 불편하게 만들기도 합니다. 함께하는 사랑을 해야 합니다. 그리고 이렇게 함께하는 사랑이 많

아질 때, 마치 서점이나 도서관에서 책을 읽는 것이 편한 것처럼, 사랑하는 것이 편해지고 더 많은 사랑을 행할 수가 있을 것입니다.

처음 사람들 앞에서 강의했을 때가 생각납니다. 옆 본당에서 처음으로 사람들 앞에서 하는 강의였기 때문에 상당히 긴장되었습니다. 그 본당의 신부님께서는 1시간 정도만 하면 된다고 하셨지만, 그 1시간도 너무나 길게 느껴졌습니다. 사제서품을 받은 지 얼마 되지 않은 풋내기 신부였던 저였기 때문에, '내가 신자들 앞에서 특강을 해도 될까? 자격도 없는데….', '말을 제대로 하지 못해서 강의를 망치면 어떻게 하지?', '강의를 제대로 하지 못한다고 사람들이 항의하지는 않을까?' 등등의 걱정이 제 머릿속을 가득 채웠습니다.

이렇게 긴장을 하는 제게 선배 신부님께서 이런 말씀을 해주셨습니다.

"걱정할 것 없어. 첫째, 못해도 뭐라고 할 사람이 없다. 둘째, 안 듣는 사람이 손해일 뿐, 네 손해는 없다. 셋째, 네가 그 자리에서 제일 전문가다. 넷째, 유명 강사도 실수는 많이 한다. 마지막으로 청중은 너를 감시하는 사람이 아니라, 함께하면서 도와주는 사람이다."

이 말을 듣고 나니 그렇게 걱정할 것도 없어 보였습니다. 실제로 아무도 뭐라고 하는 사람이 없었고, 오히려 강의 내용이 너무 좋았다면서 강의록을 청하는 사람도 많았습니다. 그리고 이 강의를 시작으로 20년이 지난 지금까지도 강의하고 있습니다. 만약 그 선배 신부님의 말씀이 없었다면 지금의 제 모습은 없었을지도 모릅니다. 그리고 무엇보다, 제 강의를 듣는 분들이 저의 감시자가 아니라 함께해주고 도와주는 분이라고 생각하니 항상 힘차게 강의를 할 수 있었습니다.

이 세상 안에서 혼자서만 살아갈 수는 없습니다. 누군가의 도움을 받아야 하고, 함께 살아가야만 합니다. 함께 살기 때문에 웃을 수 있고, 행복을 느낄 수 있는 것입니다.